Christoph Braendle

Liebe, Freud und schöner Tod

Wiener Sonaten

Christoph Braendle

Liebe, Freud und schöner Tod

Wiener Sonaten

Picus Lesereisen

Picus Verlag Wien

Die Deutsche Bibliothek – CIP-Einheitsaufnahme

Braendle, Christoph:
Liebe, Freud und schöner Tod: Wiener Sonaten /
Christoph Braendle. – Wien: Picus Verl., 1998
(Picus Lesereisen)
ISBN 3-85452-708-X

Graphische Gestaltung: Dorothea Löcker Wien
Umschlagabbildung: Österreich Werbung / Peter Koller
Druck und Verarbeitung: Remaprint, Wien
ISBN 3-85452-708-X

Inhalt

Ouvertüre

Sie interessieren sich also für Wien? Kommen Sie, kommen Sie mit uns, wir möchten Ihnen manches zeigen, lassen Sie uns gleich die Himmelstraße hochsteigen, vorbei an Villen verschiedenster Epochen und unterschiedlichsten Geschmacks, bis wir in Weingärten stoßen, die sich links und rechts an Hänge schmiegen, und schon auf der sanften Wiese sind am allerletzten Alpenrand, welche uns, ringsgesäumt von Linden wohl und Buchen, ein hervorragendes Observatorium werden wird. Schauen Sie sich um, schauen Sie hinauf zu den anderen Aussichtspunkten und dann hinab auf eine Stadt im rosa Licht des frühen Frühlingsmorgens. Zart färbt ein weiter Himmel das große Donaubecken, klar ist die Sicht, daß sie bis nach Bratislava reichen möcht' und halben Wegs nach Prag.

Auf dieser Wiese lassen wir uns nieder, wir bitten schön, setzen Sie sich, nehmen Sie Platz. Sind Sie bequem, spüren Sie den Tau? Atmen Sie die reine Luft! Sie werden merken, wie leicht sie ist, wie beschwingt sie macht, wie sie zum Singen verführt: Wien, Wien, nur du allein? Ja, das da unten wird's wirklich sein.

Woran denken Sie? An Mozart, an Walzer, an die Donau blau? An Lipizzaner, um deren Namensrecht sich im Moment Österreich, Italien und Slowenien streiten? Oder an Operetten, Schlösser, an Schönbrunn?

Noch liegt die Stadt in den Schatten der Nacht,

aber dort drüben können Sie schon Schönbrunn erahnen, und was Sie davon sehen, diese Steinbögen des Kolonnadenbaus, dieses Häubchen oder Krönchen einer langversunknen Monarchie, das ist die Gloriette.

Ist sie nicht hübsch? Uns ermöglicht sie, Ihnen von etwas anderem zu berichten, das auch gern ein Schloß wär', aber nur Neugebäude heißt: schauen Sie, dort ganz weit im Osten glüht schon ein neuer Tag. Können Sie den Flughafen erkennen? Und davor die Raffinerie und wieder davor die gewaltigen Backsteingaskessel, die ebenfalls schon eine Geschichte sind? Sehen Sie die Autobahn, sehen Sie rechts davon die enorme Grünzone des Zentralfriedhofs?

Irgendwo dort zwischen Betonland und Totenfeld, mitten im Gewirr, wo alles stadtähnlich ist und nur Menge, dort steht das Ding und kann nicht sterben.

Es glänzte, wäre es anderswo und unter günstigeren Sternen placiert, auf gleicher Stufe wie Chambord, wie die Villa d'Este und der Palazzo del Tè. Dieses neue Gebäude wäre, schrieb damals ein Dichter, *wo es ausgebauet / oder nur im baulichen Wesen erhalten würde / eines der prächtigsten Gebäude von Europa.*

Stattdessen ist's Gerippe, Rest und Kläglichkeit, ein langer Block aus ödem Stein; und soll gerade darum am Anfang dieser Betrachtung sein.

Sie sind verwundert? Erwarten Sie Fröhlichkeit? Sorgen Sie sich nicht, sie wird kommen, und mit ihr die Anekdoten und lustigen Lieder; Sie werden hören, was es mit der Zwölftonmusik auf sich hat und was Schubert von Beethoven hielt;

Sie werden erfahren, wo man das beste Gulasch ißt und was ein Tafelspitz können muß; und Sie werden schmunzeln und lächeln und manchmal auch lachen, aber Sie werden bald begriffen haben, daß auch eine Stadt ein Gerippe hat und wieso die Reise in Moll begann.

Zum Erbauer des Neugebäudes ist zu sagen, daß ihn die Geschichtsschreibung zu übergehen pflegt, obwohl man ihm eigentlich viel verdankt: die Nationalbibliothek und die Musikschulen etwa und die Spanische Hofreitschule und die zoologische Menagerie. Und natürlich den Flieder. Maximilian der Andere hieß er, sprach sieben Sprachen, liebte Musik und die Gartenkunst. Er entwarf sich einen eleganten Lustsitz am Wasser und wäre dort gern Gärtner gewesen. Stattdessen wurde er Kaiser und versagte als Kaiser im Krieg. Weil er das Türkenheer nicht besiegte, dessen Sultan mitten im Feldzug verstarb, worauf er als Feigling und Waschlappen galt.

Maximilian entfloh der Schmach nach Wien und zu seinem geliebten Gartenplatz, er grub und grub um und pflanzte und baute am Bau. Aber das Geld war knapp, und mit der Arbeit ging wenig voran. Zuerst nahm Maximilian an, daß man so sein Versagen bestrafe, dann begann er zu fürchten, daß man nach seinem Leben trachte. Er bekam Angst, die er in einen Wahn verdrängte, den er mit dem Wasser verband: Er gab der Donau die ganze Schuld.

Und baute nun alles um und stellte schwer mit dem Rücken zum Wasser, was er leicht und offen begonnen hatte, daß aus dem südländisch lichtdurchfluteten Palais etwas Starres werde, eine dunkle Burg. Aber nun blieben die Arbeiten vollends liegen, jetzt waren die Kassen wirklich leer.

Maximilian II. starb 1576, am 12. Oktober. Er hinterließ eine Baustelle, und in der Baustelle hinterließ er der Stadt seine Angst.

Sie wenden ein, daß das der Stadt doch eigentlich egal sein könnte? Wir haben Sie auf diese Wiese gebracht, um das zu kommentieren. Übrigens sind Schloß Neugebäude und diese Wiese auch geographische Pole: zwischen ihnen liegt Wien. Aber vor allem saß hier dreihundert Jahre nach Maximilian einer, den auch die Angst beschäftigte, und die Gründe dafür. *Wir wohnten*, schrieb er, *in diesem Sommer auf der Bellevue, einem einzelstehenden Hause auf einem der Hügel, die sich an den Kahlenberg anschließen.* Da, wo Sie jetzt sitzen, saß er und schaute und, ja, dachte er, Angst ist's, Angst ist das Wesen dieser Stadt.

Er sah, wie Wien sich an die Hügel drängte, wo es nach Norden, Osten machtvoll wachsen könnt', er sah, wie es den schmalen Raum zwischen Strom und Berg besetzte, er sah ein kleines Wien, weil rundum alles größer war. Häuserschluchten sah er, dunkle Schatten, er sah Rauchfinger über steilen Dächern, aus deren Landschaft die Türme des rechten Glaubens ragten und die grünen Kupferkuppeln der Macht. Er schaute in Hinterhöfe und roch Kohl und Kohlsuppendampf. Und er sah die Angst, die aus der Donau kroch.

Obwohl es dafür nun wirklich keinen Anlaß mehr gab.

Zwanzig Jahre waren seit der Großen Regulierung des Stromes schon vergangen, der sich bis anhin in zahllosen Verästelungen seine unberechenbare Wege durch die Auen genommen hatte samt Zerstörung, Fluten, Wassermassen. Daraus hatte die Stadt die Angst geschöpft, jetzt war der Strom gezähmt. Auch das Neugebäude hockte einsam über trockenen Auen. Es war, Maria Theresia, der Energischen, sei Dank, nur hohle Hülle ohne Schmuck, denn sie hatte angeordnet, daß alle schönen Steine nach Schönbrunn zu schaffen seien und daß man daraus die Römische Ruine baue und eben die Gloriette, schauen Sie noch einmal hinüber und betrachten Sie, was eigentlich zum Unglücksschloß gehören müßte. Aber das Haus selber, das Neugebäude, das ließ sie bestehen.

Jener sah, daß die Angst des bitteren Kaisers weiter wirkte. Er sah, wie sich die Angst in die Träume setzte, und er hörte die schwermütigen Lieder in Moll. *Flectere si nequeo Superos, Acheronta movebo!* schrieb er, und er schrieb, daß diese Erkenntnis auf der Bellevue vorgefallen sei, und zwar wenige Tage vor dem Geburtstagsfest seiner Frau am 24. Juli 1895, denn an diesem Tag enthüllte sich hier das Geheimnis des Traumes: dem Prof. Dr. Sigmund Freud.

Schauen Sie, wie nun und nach der auch schon zwanzig Jahre zurückliegenden zweiten Regulierung das Wasser, kaum hat es den allerletzten Alpenausläufer durchbrochen, wie auf dem Reißbrett schnurgerade weitereilt, kilometerlang zweigeteilt von einer schmalen Insel, die aufgeschüttet wurde, um als Badestrand eine Freude zu sein.

Bis zur Lobau erstreckt sich die Insel und bis zum Alberner Hafen, ja, der Damm dort fern ist nagelneu, wir haben erlebt, wie das Volk entschied, wir haben gesehen, wie er wuchs, und wir bitten zu beachten, wie vollkommen gebändigt die Donau fließt, vorbei und bald aus dem Land hinaus.

Sehen Sie, wie Wien jetzt aus allen Nähten platzt und sich weit ins Donaubecken verstreut. Schon breiten sich Banken schneller aus als einstens Kirchen, schon träumt man vom frischen Wind und nur noch in Dur. Dieser Morgen verglühender Lichterpracht, die roten Warnlampen auf hohen Masten, das Meer unterschiedlichst weiß und gelb und golden funkelnder Punkte in eigenartig ungeordneter Streuung, die klaren Lichterfolgen der Erdölraffinerie, des Straßenkreuzes bei den Vereinten Nationen, der Donaubrücken, diese Morgenbeleuchtung, die an Perlenketten erinnert und kostbares Geschmeide, und Illusionen weckt, daß, was hier unten liege, großem Plan oder kühnem Entwurf zu verdanken sei, dem konsequenteste Erfüllung folgte: da ist nichts Furcht und alles Überschwang, das glitzert und glänzt und juchzt, ist Farbe, Frohsinn, helles Licht.

Vorbei die goldenen Zeiten, als Moritaten zu den Kulturgütern zählten und als noch das *morbide / marode / makabere / und maliziöse / im blut / des wieners lag?* Dieses *häßliche, verkommene, verluderte, verabscheuungswürdige Wien,* wie es noch ein Thomas Bernhard von der gleichen Bellevue aus sah, existiert es nicht mehr? Ist das wunderbar schlamperte Wien eine beliebige Großstadt geworden, die grantigen Menschen, wo sind sie hin?

Lassen Sie sich von den Fassaden nicht täuschen! Es sind nur Masken. *Das seelisch Unter-*

drückte, schrieb Freud, *welches im Wachleben durch die gegensätzliche Erledigung der Widersprüche am Ausdruck gehindert und von der inneren Wahrnehmung abgeschnitten wurde, findet im Nachtleben und unter der Herrschaft der Kompromißbildungen Mittel und Wege, sich dem Bewußtsein aufzudrängen.*

Was vor über hundert Jahren geschrieben wurde, stimmt jetzt umso mehr, da das Wachleben die inneren Wahrnehmungen vollkommen wegzuschneiden trachtet. Diesem Wachleben sei gesagt: Schloß Neugebäude ist unerledigt. Seinen südseitigen Park besetzt seit über hundert Jahren das städtische Krematorium, was jeden Rettungsplan verhindern hilft. Deshalb werden wir auch der Angst begegnen auf unserem Weg von der Bellevue zu den vielen Höhepunkten der Stadt, auf denen es von Verrückten und Phantasten wimmelt und von Künstlern und Mördern und Tagedieben; und darum müssen wir unterwegs von den inneren Wahrnehmungen und gegensätzlichen Erledigungen der Widersprüche reden, um Ihnen zu zeigen, was das ist: diese Fähigkeit, zu wärmen, bis es fröstelt; und die Lust, Gelächter im Hals, im Ansatz bös zu schrecken.

Aber Wien wär' nicht Wien, wenn sich daraus nicht ein Fest machen ließe. Wien wär' nicht Wien, wenn nicht sogar die Angst gefallen könnte. Wien wär' nicht Wien, wenn wir Ihnen nicht jetzt schon versprechen dürften, daß unsere Rundgänge uns schließlich auf einen Ball bringen werden, der so unvergleichlich wienerisch ist, daß man vor Aufregung sterben möcht'.

Die Vorstadtsonate

allegro

Sie möchten also, daß ich Sie durch Wien begleite. Erlauben Sie, daß ich entgegen aller Gewohnheit nicht im Zentrum beginne, sondern vorstädtisch sozusagen, wobei gleich festzuhalten ist, daß die lokale Fachterminologie den Begriff Vorstadt dem reserviert, was als Zweiter bis Neunter Bezirk zwischen Gürtel respektive Donau und dem Ersten, der Innenstadt also, liegt und inzwischen selber Stadtzentrum geworden ist, während das, was ich Ihnen beschreiben will, in politische Bezirke gegliederte Vororte sind und einst Dörfer mit schönen Namen waren, die sich wie die bunten Steine einer lose geknüpften Kette um den Stadtkern schlangen, bevor die Zwischenräume angefüllt wurden mit Wohnanlagen und Fabriksarealen und Grünzonen und was sonst des Menschen Wucherungen sind. Das alles ist nämlich auch Wien.

Beginnen wir unseren Ausflug im Zehnten, beginnen wir ihn am Wasser, das die Wiener verehren, weil sie wissen, daß alles Leben Wasser ist. Mehr noch allerdings fürchten sie es, weil es Leben innert Augenblicken zerstört. Also wandten sie sich vom großen Wasser Donau ab und holten stattdessen viele kleine Wasser in der Form öffentlicher Bäder in ihre Lebensmitte. Zum Beispiel das Amalienbad, welches acht Jahre nach dem Ersten Weltkrieg als Europas größtes Hallenbad eröffnet wurde, um einerseits die Beherrschung des Elements zu feiern und andererseits, eben weil es im Zehnten liegt, der Hoffnung auf eine andere Festivität Gestalt zu geben, nämlich des glorreichen Sieges der Arbeiterklasse, die sich fortan im wunderschönen Jugendstilambiente für die unausweichlichen Konfrontationen mit dem Klassenfeinde wappnete. Denn dieser Zehnte, Favoriten, ist ein Arbeiterbezirk, im Wiener Jargon ein *tiefer,* wobei es eine Frage des Standpunktes ist, ob man den Begriff mit Hohn oder mit Stolz auffüllt.

Wundern Sie sich nicht, wenn sich nun vor allem Arbeitnehmer und Angestellte im Fruchtwasser eines Systems tummeln, das im Gegensatz zur Donau embryonale Geborgenheit verleiht. Das meint nicht beschämte Distanzierung von der Geschichte, sondern Freude ob dem, was eine von der Sozialdemokratie gehätschelte Klientel im Laufe dieses Jahrhunderts erreichen konnte. Und weil das viel ist, begibt man sich nach gründlicher Reinigung im türkischen Dampfbad zu Tichy, dem in ganz Wien weltberühmten Eissalon, um den in ganz Wien ebenso weltberühmten Eismarillenknödel zu verzehren, der selber ein Symbol ist: nach außen unscheinbarer Brösel, leuchtet im Innern das goldne Herz der Aprikose.

Sie fänden ein Leben im Zehnten! Wohingegen der Elfte, Simmering, Wiens Totenbezirk ist. Fürchten Sie ihn nicht. Wenn auch der Tod die größte Kränkung des Lebens darstellt, so weiß man in Wien doch eine schöne Leich' zu schätzen und hat Simmering entsprechend lieb. Der Elfte wird vom Zentralfriedhof dominiert, von dem man sagt, daß er halb so groß, aber doppelt so lustig wie Zürich sei. Es gibt andere Friedhöfe, vom

Friedhof der Namenlosen werden Sie noch hören, aber in Simmering liegt nicht nur Totes, hier ist auch vieles am Sterben, die Gasometertürme zum Beispiel, deren postfunktionale Agonie mit *rave-events* und *techno-parties* verlängert wird, und eben das verfluchte Neugebäude, das seit inzwischen ziemlich genau vierhundert Jahren nicht verenden kann.

Im Zwölften gibt es die lustigsten Gartenfeste mit Mietzelten und Mietköchen und Mietprominenz, und es gibt die Modeschule im Schloß Hetzendorf und eine der ersten Fußgängerzonen Österreichs. Meidling wär nämlich gern ein Edelbezirk. Aber erstens erstickt der Individualverkehr den Ehrgeiz im kollektiven Dreck, zweitens ist die Fußgängerzone ostblockcharmant und beinahe rührend banal und drittens torpediert das Meidlinger »l« die feine Ambition, welches »l« wie in »Meidling ist leiwand« mit ganz breit und fleischig an die Zähne gelegter Zunge gesprochen wird und außergewöhnlich exotisch klingt.

Eher könnte ich Sie mir in Hietzing denken, wo man die Nase hoch tragen muß, um schön Schönbrunnerdeutsch zu sprechen, das an Schönheit nur vom Brünnerdeutsch übertroffen wird. Jeder Wiener weiß, daß der Dreizehnte, früher dank Schloß Schönbrunn und heute mit dem ORF-Zentrum Küniglberg, der Nabel der Welt ist und für immer bleiben wird. Entzücken könnt' Sie jetzt im Frühling der Zoo in Schönbrunn oder der Lainzer Tiergarten, den Sie zum Beispiel über die Hermesstraße erreichen. Im Lainzer Tiergarten gibt es Wildschweine und die Dianawiese und das Dianator, durch das allerdings seit Menschengedenken niemand schritt, weil man dann Wien verließe, was nicht fein wäre, sondern dumm.

adagio

Der Vierzehnte, Penzing, ist verrückt. Zum einen wegen des kleinstadtgroßen Psychiatrischen Krankenhauses der Stadt Wien, Baumgartner Höhe – Steinhof, und dann vor allem dank des Fußballclubs Rapid, der eine Legende ist, die Grünweißen, eine Religion. Einhundertzehn Fanclubs, dreihunderttausend Anhänger. Das sind Kulminationspunkte der Leidenschaft. Das sind Exzesse, die Sie oft genießen müßten. Ich würde Sie – die Fuchsvilla werden Sie selber finden – zur Linzer Straße 375 führen, die ein besonders schönes Jugendstilhaus ist, und dann hinauf auf die Terrasse des Erlebniswaldbads, das behauptet, mit chlorarmer Südseeromantik in Glas und Stahl das modernste zu sein.

Wir säßen nebeneinander, wir sähen über das Tal des Wienflusses, wir hätten den Steinhof im Rücken und zu Füßen das Gerhard-Hanappi-Stadion und von den Irrungen der Welt die richtige Distanz. Dann könnten wir über die Hütteldorfer Straße stadteinwärts wandern, wir könnten im Western Saloon einkehren oder einen kleinen Schlenker machen und die Sargfabrik besuchen, die immer noch Sargfabrik heißt, obwohl sie seit kurzem eine Wohnanlage ist und die innenstädtische Tradition der Arkadenhöfe neu interpretiert.

Schon sind wir im Fünfzehnten, den ich ein ganzes Jahr lang bewohnte, allerdings noch bevor er durch die Verlängerung der U3 eng an die Innenstadt gebunden wurde, und noch bevor sich der verträumte Meiselmarkt in einen kühlen Konsumpalast verwandelte. Rudolfsheim-Fünfhaus ist der kleinste Außenbezirk und mit siebzigtausend Einwohnern dicht besiedelt. Er findet eine seiner Grenzen am Gürtel, wo ich eine Hochparterrewohnung kannte, deren Fenster sich auf die Straße geöffnet hätten, wären die Läden nicht ständig geschlossen, die dicken Filzvorhänge nicht immer zugezogen gewesen, um das endlose Motorengedröhn wenigstens ein wenig zu dämpfen. Es lebte dort parterre in einem Haus, dessen Fassade vom grauen Schlick ständiger Abgasattacken überworfen und unkenntlich gemacht worden war, die Freundin der Tochter einer Freundin, und sie war sechs und schrecklich mager und ebenso schrecklich bleich. Ja, der Fünfzehnte hat viele ganz traurige, aber auch einige wunderschöne Ecken. Meine liebste war das Schutzhaus Zur Zukunft auf der Schmelz, von wo aus man beobachtet, wie in Schrebergärten die Farbe Grün parzelliert wird, und wo man sehen kann, daß es von der höchsten Begeisterung zum ganz Lächerlichen nur eines kurzen Schritts bedarf.

Ebenfalls ein Schritt ist es in den Sechzehnten, der mir auch ein paar Wochen lang Heimat war, ganz nah am Brunnenmarkt übrigens, der ein Straßenmarkt in typischer Manier geblieben ist. Sie werden ungarische Blutwurst und burgenländisches Sauerkraut und türkischen Schafskäse und griechische Oliven kosten und nachher auf einen Fernet ins Café Club International gehen. Denn der Sechzehnte ist Ottakring und Ottakring, nun, was bedeutet schon *tief,* wenn es um Ottakring geht. Wienerisch, balkanesisch, bunt und alles wild gemischt, eine Seelenlage oder das Tiefste überhaupt mit eigenem Dialekt, eigenem Volksgut, eigenem Bier und eigenen Helden, von denen der gschupfte Ferdl der berühmteste ist. Oft denkt man, Ottakränsch, wie es sich selber als französische Besatzungszone nannte, passe nicht zu feinem Empfinden, aber weil Wien Hügelland ist, hat selbstverständlich auch das tiefe Ottakring seine Höhen und kann, etwa vom Schloß Wilhelminenberg oder vom Galitzinberg oder von der Jubiläumswarte aus, Ihnen ebenso herrliche Blicke auf die Stadt hinab bieten wie noch die feinsten Bezirke, denn: alles, was oben ist, sagte schon der Urvater allen Denkens, der Dreimalenorme Hermes, ist unten, und alles, was unten ist, ist auch oben.

menuetto – allegretto

Ab dem Siebzehnten Bezirk eröffnet sich Ihnen ein Strudel. Allein Hernals, unser liebenswertes Hernals, bietet vom proletarischen Türkenritthof an der Hernalser Hauptstraße bis zum feinen Winzerdorf Neuwaldegg jedem das Seine. Und auf dem Heuberg manifestiert sich das Zwitterhafte besonders augenfällig in der Transformation des Schrebergartens zum Einfamilienhaus. Fahren Sie mit der Tramway 43 bis zur Endstation, weil dort die Gleise einen eleganten Kreis um eine kleine Kapelle ziehen. Oder versuchen Sie, zum Hanslteich zu finden, wo Sie sich schon tief im Wienerwalde wähnen.

Fein ist der Achtzehnte, der Währing heißt und wo es Villen gibt, wie man sie allenfalls in Hollywood zu vermuten wagt, dort aber nicht findet, weil Hollywood über so viel Stil wie Währing nicht verfügt. Besuchen Sie die Sternwarte und den Pötzleinsdorfer Schloßpark, in dem allerdings kein Schloß sich erhebt, besuchen Sie das Pestmarterl, das daran erinnert, daß auch Währing seine harten Schicksalsschläge zu erdulden hatte. Aber ich muß Ihnen raten, sich unauffällig zu verhalten und nicht ziellos zu schlendern in dieser Gegend, die Geld zum Bergaufwärtsfließen bringt.

Entspannter fühlen Sie sich in Döbling, obwohl Döbling das Feinste ist, was man sich vorstellen kann. Und wenn man es sich vorgestellt hat, ist man dem Neunzehnten noch immer nicht gerecht geworden mit seiner Höhenstraße und der Himmelstraße und natürlich mit dem alles überragenden Gipfel Wiens, dem fünfhundertzweiundvierzig Meter hohen Hermannskogel, den Sie durch Buchen- und Birkenwälder und über Eschen- und Eichenlaub hinauf- und hinansteigend dort erreichen, wo sich seit 1818 ein bedeutender Katasterpunkt der Landesvermessung befindet und die Habsburgwarte, die der Herr Strau bewacht, den Sie nach den Äskulapnattern fragen sollten, die sich dort gerne häuten.

Auf der anderen Seite geht der Weg dann steil hinab auf die Jägerwiese und zum Gasthaus Agnesbrünnl, vor dem sich der Stadtwanderweg 2 und der europäische Fernwanderweg 4 Pyrenäen – Jura – Neusiedler See – Balaton begegnen. Sie sollten hier oder beim Grüß di a Gott-Wirt Schweinsbraten mit Kraut und Knödel essen und, wenn es die Jahreszeit erlaubt, ein Viertel vom Sturm trinken. Sie werden dann zum Agnesbrünnl wanken wollen, um das sich eine uralte Liebessage rankt, die von einer Döblinger Jungfrau und einem Schwedischen Prinzen berichtet.

Neuen Datums ist das Gerücht um den Sieveringer Steinbruch, bei dem es ebenfalls um die Liebe geht: halb Döbling soll auf dieser schaurigen Lichtung entjungfert worden sein, sie liegt unterhalb einer verlassenen Kapelle, in der es immer wieder zu schwarzen Messen kommt. Wieder darüber thront der Kahlenberg, der vom Feinen das Allerfeinste ist und gelassen über die Weinberge und auf Wien hinabschaut, auch wenn er dabei immer einen Gemeindebau ins Blickfeld bekommt, der aber der legendärste, der kämpferischste und bei weitem feinste ist und Karl-Marx-Hof heißt und natürlich ebenfalls zu Döbling gehört.

prestissimo

Wohingegen der Friedrich-Engels-Hof drüben im Zwanzigsten liegt, was ein Problem ist oder eigentlich zwei. Das erste und rein objektive Problem besteht darin, daß die wahren Wiener den Zwanzigsten, die Birgittenau also, zu den neuen Bezirken jenseits der Donau zählen, obwohl er eindeutig diesseits der Donau liegt. Die Brigittenau verdankt ihren Namen der heiligen Brigitta und der Tatsache, daß dieses Gebiet bis zur Ersten Donauregulierung Aulandschaft war mit Hochwasser, Sümpfen, ein paar Fabriken und Arbeiterheimen. Heute trennt der Zwanzigste wie ein Keil den Donaukanal von der Donau ab und ist auch in sich selber sauber getrennt: hier das Gründerzeitviertel um den Wallensteinplatz, da die Zwischenkriegswohnanlagen um den Engels-Hof, dort die Betonplattengemeindebauten der sechziger Jahre. Und die Gegenwart konstruiert im Moment am Handelskai den zweihundertzwei Meter hohen Milleniums-Tower, der noch vor der Jahrtausendwende Wiens höchstes Gebäude sein wird. Das erste Problem ist also der Ruf des Zwanzigsten, der nicht reflektiert, wie günstig zentrumsnah man wohnen kann, und der vor allem nicht berücksichtigt, daß man Wiens heimliches Wahrzeichen, den von Hundertwasser vergoldeten Kamin des Fernheizwerks Spittelau, direkt vor Augen hat.

Das zweite Problem ist ein vollkommen subjektives. Jeder richtige Wiener hätte nämlich schon in Döbling und allerspätestens in der Brigittenau behauptet, nun sei alles beschrieben, nun sei's genug. Aber ich hab' Ihnen System versprochen, und natürlich nähre ich auch die Hoffnung, Ihnen mittels eines möglichst vollständigen Überblicks die Stadt sozusagen auf dem Teller zu präsentieren. Darüber hinaus muß einfach gesagt sein, daß, mag das traditionelle Wien auch erst nach Neunzehnhundert unter Bürgermeister Lueger über die Donau gegriffen haben und bis heute von jenen Landen wenig halten wollen, sie trotzdem Stadtgebiet sind.

Und nicht das geringste. Von der Fläche her sind der Einundzwanzigste und der Zweiundzwanzigste beinahe halb so groß wie alle anderen zwanzig Bezirke zusammen. Können Sie mein Dilemma verstehen? Wenn ich Ihnen Wien beschreibe, muß ich aus Transdanubien berichten, aber sobald ich es tue, verlasse ich in den Augen der Wiener Wien.

Ich werde, was weder ganz Stadt noch ganz Land ist, trotzdem schildern, auch wenn die Gefahr besteht, daß ich mich in diesem faszinierend chaotischen Netz moderner Pseudourbanität auf altem, flachen Bauernland verlieren könnte. Allein die Achse Reichsbrücke–Kagran wäre manche Nachricht wert: wo bislang die UNO-City ihr ziemlich einsames Dasein fristete, entfesselt sich nun die örtliche Architektur, um zu beweisen, daß sie auch die Vertikale beherrscht, und um ein neues Zentrum zu schaffen und eine Skyline.

Um ein wenig Ordnung in den transdanubischen Wirbel zu bringen, beginnen wir in Stammersdorf oder Strebersdorf oder Großjedlersdorf oder Floridsdorf, wo schon in der Eiszeit Mammutjäger lebten, und wo man an manchem Abend in der trüben Geborgenheit düster beleuchteter Auslagen auch heute noch eiszeitliche Stille genießt. Lebendiger ist die Großfeldsiedlung, die an der Julius-Ficker-Straße liegt und zwanzigtausend Bewohner zählt und auch schon dreißig Jahre auf dem Buckel hat und über Supermärkte und Modegeschäfte und Fast-food-Schuppen und Spielwarenläden und ein Haus der Begegnung und eine Volkshochschule und was weiß ich noch verfügt und vom ersten Moment an den schlechtesten Ruf genoß als Brutstätte aller Verbrechen. Sie ist ihn nie losgeworden. Obwohl die Statistik eine ganz normale Sprache spricht. Zögern Sie nicht, dort zu spazieren oder in der nahen Siedlung Rennbahnweg, in der auch achtzehntausend Menschen leben. Was wir bräuchten, sagte einer, ist ein Bürgermeister, und was haben wir: einen Hausmeister!

Sie wären jetzt schon im Zweiundzwanzigsten, in der Donaustadt, die natürlich ihr eigenes Wahrzeichen besitzt, welches das Rinterzelt ist. Es gleicht tatsächlich einem gigantischen Zirkuszelt, aber es ist nicht aus Stoff, sondern in Zement gegossen und Wiens köstlichster Schildbürgerstreich. Als man es baute, versprach man einer staunenden Öffentlichkeit, daß darin flugs und vollautomatisch und mit ein wenig Hokuspokus und sehr viel sehr teurem High Tech der ganze Müll der ganzen Stadt in wertvolle Rohstoffe verwandelt werde. Nach der Eröffnung war man blamiert. Heute ist das Rinterzelt aus dem öffentlichen Bewußtsein gelöscht, aber zum Glück nicht aus dem Stadtbild verschwunden. Darum herum liegen Gemüsegärten, dahinter Gewerbezonen mit Großmärkten aller Art und dahinter die neue Siedlung am Pastinakweg, die Sie als Höhepunkt kleinbürgerlicher Ästhetik bewundert haben müssen, bevor Sie ins Strandbad gehen, wo stündlich aus den Lautsprechern die lokale Hymne klingt: *Du bist die Blume aus dem Gemeindebau, die Rose aus Stadlau.* Das Strandbad liegt am Mühlwasser, das irgendwann zum Groß-Enzersdorfer Arm wird, der eine Weile lang Wiens Stadtgrenze bildet, bis er, fragen Sie nicht wie, den Donau-Oder-Kanal quert, um dann, ständig wechselnden Namens, dem großen Strom nach Osten zu folgen durch Aulandschaften, die man trotz Mückenterrors zu lieben hat.

Und nun haben wir Wien umrundet; und sind doch noch nicht ganz am Ende. Noch fehlt der jüngste aller Bezirke, der Dreiundzwanzigste. Vom Stadtzentrum sind es à vol d'oiseau Richtung Südsüdwest elf Kilometer bis nach Liesing und zu den mächtigen Steinbögen des Aquädukts, über das aus fernen Gebirgen Hochquellwasser in die Stadt gelangt. Mauer-Rodaun, das sind depressive Täler und prähistorische Küstenstreifen eines Mittelmeers, das einst bis hierher reichte und wo bis heute Pinien gedeihen. Aber Mauer-Rodaun ist auch Kalksburg mit Jahrhundertwendevillen in wunderschöner Waldlandschaft; und in Kalksburg kann Unterschlupf finden, wessen Nerven nach diesem Exkurs vollständig zerrüttet sind, im Konvikt der Jesuiten zum Beispiel oder, falls diese eine Aufnahme verweigern, in der zehn Schritt entfernten städtischen Trinkerheilanstalt.

Zwischenspiel 1: Rondo »Von runder Höh'«

Wie geht es Ihnen, sind Sie erschöpft? Die Wanderungen durch Suburbia haben Sie angestrengt, Sie brauchen neue Schuhe? Wenn wir Ihnen raten dürfen: gehen Sie zu Humanic, was in Wien ein Wahrzeichen ist, nicht zuletzt kraft einer Werbekampagne, die seit Jahren weder von Schuhen redet noch Schuhe zeigt. Aber ruhen Sie sich hier erst ein wenig aus, denn der Gewaltmarsch war nur die erste Etappe einer Reise, die Sie schließlich nach Arkadien bringt. Nehmen Sie Platz, das Restaurant ist klimatisiert und dreht sich fast hundertsiebzig Meter über den Blumenbeeten um seine Achse aus Stahlbeton. Nehmen Sie Platz in diesem Hochstand: das war die Attraktion der Wiener Internationalen Gartenausstellung, das ist der Donauturm.

Von hier aus, wenn auch nicht aus dieser Höh', haben die Topo- und Kartographen der Vergangenheit ihre Holz- und Kupferstiche und die Perspektiven und gekippten Vogelsichten geschnitten. Möchten Sie etwas essen, ein Glas Wein vielleicht? Der Prospekt verspricht uns höchste Gastlichkeit.

Während die Kellner in die Landschaften eilen, müssen wir Sie vertrösten: wir haben Ihnen einen Ball versprochen, aber leider ist jetzt nicht Saison. Es wird Sommer, die Bewegungen werden träger, und das gibt uns die Gelegenheit, ein wenig aus- und abzuschweifen und Ihnen vorab zu gestehen, daß unsere Zunge die eines Fremden ist. Auch wenn die einen und anderen Vokabeln eingefärbt sein mögen, könnten wir Sie trotzdem nicht täuschen, denn wir wissen, daß Sprache das allererste Wahrzeichen einer Kultur ist, welche Kultur bekanntlich den Menschen zum Menschen macht und das Tier zum Tier. Wenn nun dieser Parameter ausgelegt ist, wollen wir einen Augenblick lang zwar nicht die Sprache, aber immerhin unseren Blick diskutieren: Vielleicht ist er von zärtlicher Distanz, um mehr und noch Genaueres vom Gleichen zu sehen, in dem er vom Einzelnen auf Strukturen und vom Besonderen auf verbindliche Zeichen verweist; oder er mag wie der stolze Blick auf ein adoptiertes Kind sein, dessen Wohlverhalten man schon als Anflug künftiger Genialität erahnt und über dessen Fehler wir schmunzelnd hinwegsehen wollen, weil sie uns drollig oder kühn erscheinen. Er ist in jedem Fall Ausdruck einer Sucht, die uns schon ziemlich lange gefangen hält.

Aber da wir nun von Kultur und Wahrzeichen reden: schauen Sie, noch haben wir ein berühmtes im Fenster, ein junges dazu. Es reckt sich stolz fast doppelt so hoch wie das Riesenrad und wird im Moment nur vom Turm St. Stephans und diesem hier überragt. Schauen Sie, wie es leuchtet und funkelt, wie es die Sonne reflektiert, die goldene Kugel, die blauen Kacheln: das ist ein Fernheizwerk.

Wiens berühmtester Künstler hat es verziert, was seine geneigten Mitbürger bis heute maßlos erzürnt. Warum? Wir wissen es nicht. Aber wir wollen Ihnen verraten, wie Sie diesen Umstand für sich verwenden könnten: weisen Sie in beliebiger Gesellschaft darauf hin, das Hundertwasserhaus und die Hundertwasserdevotionalienhandlung und das Hundertwasserkunsthaus und das Hundertwasserschiff und das Hundertwasserfernheizwerk besichtigen zu wollen. Und ergänzen Sie, daß Sie das interessiert. Sie werden Schimpf und Streit provozieren und endlose Schandtiraden, und weil ein rechter Wiener das Streiten liebt, wird er sich gern mit Ihnen verbinden.

Handlung, Haus und Kunsthaus finden Sie im Dritten Bezirk, das Schiff auf dem Donaukanal und das Heizwerk in der Nähe des Franz-Josefs-Bahnhofs, der nur einer unter vielen ist, es gibt den Bahnhof Wien Nord und den Südbahnhof und Wien-Mitte, es gibt den Donauuferbahnhof und die Frachtenbahnhöfe Wien-Nordwest, Wien Aspangbahn und Wien Donaukai und schließlich den Westbahnhof, vor dem wir selber einst als Fremde standen.

Es war Freitag, der 1. April 1987, als wir durchs Portal ins Freie traten. Der Himmel führte saisongerecht Krieg. Darunter Straßenbahnen in Rot, prächtige Häuserzeilen, verhaltener Lärm. O herzensguter Blick! dachten wir damals. Wir waren auf der Durchreise nach Berlin und wußten von Wien im Grunde nichts.

Wir kannten kaum Karl-Kraus-Zitate noch jemanden aus der städtischen Politik, wir wußten null, was die Architektur betrifft und vom übrigen wenig: der Tortenkrieg zwischen Sacher und Demel? Burgtheater, Sängerknaben? Wo ist Wien? dachten wir und verstanden – *Wie bitte, was? die Palatschinke pickt am Plafond?* – kaum den Dialekt.

Aber wir glaubten, keinen Stadtplan zu brauchen. Wir ließen uns durch die Straßen treiben und landeten schon am ersten Tag im Weinschwangeren eines legendären Lokals. Es hieß Santo Spirito und schürte geschickt das Besäufnis mit lautestem Opernklang. Der Wirt war Philosoph oder Prediger, die Gäste dirigierten Karajan, und bei Mozarts Requiem grölte alles mit.

Als uns das Santo Spirito endlich entließ, folgten wir der Orientierung halber einer hellbraunen und relativ festen Substanz, die manchmal aus dem Loch einer großen Tierart tritt, welche gebraucht wird, um Heteromobile zu ziehen, mit denen man zahlende Touristen befördert. Wir folgten der Spur dieser Substanz, bis wir plötzlich vor St. Stephan standen, dessen Existenz sich uns nun erschloß.

So fing alles an. Jetzt ist die Alte Donau im Panoramafenster, Sie können, während Sie den Leberknödel in der lauwarmen Suppe zerteilen, das Polizeibad und das Straßenbahnerbad und das ehemalige Arbeiterstrandbad betrachten; und dort den Sitz der Weltbehörde, in der die Internationale Atom Energie Agentur ihre Headquarters hat, was das Wiener Sowohlalsauch umso besser demonstriert, als Österreich mittels Volksentscheid vor langem den Ausstieg aus der Kernkraft beschloß.

Und dort, ja, das ist das Riesenrad. Siebenundsechzig Meter hoch, Bauabschluß am 21. Juni 1897, erste Fahrt vier Tage später. Die rotweißen Kabinen gleichen zwar irgendwie Güterwaggons, aber es ist trotzdem eine ungeheuer aufregende Konstruktion: das gewaltige Eisenrad ist nicht mittels Streben mit der Achse verbunden, es wird vielmehr durch Stahlseile in der richtigen Balance gehalten.

Das Riesenrad steht im Wurstlprater, dem Ganzjahresvergnügungsgelände, das seit kurzem eine erstaunliche Blüte erlebt mit Sensationen zum Bluterstarren, die alle davon handeln, daß man sich zum Himmel schleudern läßt oder im freien Fall aus dem Himmel stürzt.

Lassen Sie uns das Riesenrad zum Anlaß nehmen, die Aufmerksamkeit noch einmal von der Betrachtung auf den Betrachter zu lenken. Seit jenem 1. April ist nicht nur das Santo Spirito nicht mehr, was es einmal war, seither ist auch St. Stephan mehrmals gewaschen worden und überhaupt viel passiert. Wir haben beobachtet, wir haben zugehört und wir haben gelernt, wir gelten inzwischen als Kenner und wissen, was man tut, wenn eine Omelette an der Decke klebt.

Während also an der Innenwand des Restaurants die in Schaukästen gestellten Torten vorüberziehen, sind wir Ihnen eine Warnung schuldig: ein Fremder, der ein derart ausgeprägtes Interesse zeigt, ist äußerst verdächtig. Überlegen Sie, was dieser Fremde eigentlich will. Sie müssen sich fragen, ob nur die Objekte der Kritik auszusetzen sind und nicht auch das Subjekt. Wenn wir nämlich von der Höhe hinabschauen, dann ist unser Blick auch eine kühlere Art der Distanzierung, die sich nicht beteiligt, sondern nur diagnostiziert und vielleicht, wie der Chirurg über dem offenen Bauch des Patienten, nur noch Geschwüre, Eiter, Krebs zu finden glaubt; möglicherweise ist es der verzweifelte Versuch, einer Sache, die sich in ständiger Veränderung befindet, eine Art Ewigkeit zu verleihen, verzweifelt deshalb, weil nicht einmal Städte ewig sind und weil nichts vergänglicher ist als unser Blick.

Wir können zu unserer Verteidigung nur erwähnen, daß der Süchtige wie mit den Augen eines Verliebten schaut und überall Erzählenswertes findet, in der Leopoldstadt zum Beispiel, dem Zweiten Bezirk, der jetzt im Fenster ist.

Die Leopoldstadt, diese Insel zwischen Strom und Kanal, war für Fremde aus dem Osten immer ein erster Hafen und immer eines der Zentren jüdischer Kultur.

Man lebt in der Zirkus- oder Negerle- oder Großen Mohrengasse und in der Venediger Au, die schon 1411 »Ewlein, daz Venedig« hieß und während der letzten Jahrhundertwende ein Vergnügungspark mit künstlichen Kanälen und richtigen Gondelfahrten war. Oder man lebt am Nestroyplatz und am Saum des Augartens, der 1775 öffentlich zugänglich wurde als »Allen Menschen gewidmeter Erlustigungs-Ort von Ihrem Schätzer« und in dem Mozart Konzerte dirigierte und Johann Strauß Vater.

Was Sie allerdings dort sehen, diese zwei turmförmigen Betonungeheuer, das sind die Zähne des Fanatismus, die nicht faulen und vielleicht das Leben selber überdauern, denn seit einem halben Jahrhundert verfügt auch der Augarten über seine unverwechselbaren Wahrzeichen: das sind die Flaktürme der Faschisten, ja, es gibt in Wien diesen ganz harten Stein.

Aber es gibt auch den weichen. Und aus dem allerweichsten entstand ein diskretes Monument, das Sie von hier aus nicht sehen können und das am innenstadtseitigen Ufer des Donaukanals liegt. »Niemals vergessen« steht darauf. Farbige Piktogramme zieren den Stein: ein rosa Winkel, ein gelber Stern. Dort stand das Hauptquartier der Gestapo, keine fünfhundert Meter vom Stephansdom entfernt, beim Schwedenplatz am Kanal, dort, wo es jeder sah, verging sich Macht am Menschen.

Sie wissen, wie tief sich der Wahnsinn in die Wirklichkeit fressen konnte. Dort verwandelte sich das goldne Wienerherz in eine böse Mördergrub. Und wir ergänzen, daß seit 1196, als Teilnehmer des Dritten Kreuzzuges die Mitglieder der ersten jüdischen Gemeinde Wiens ermordeten, in Wien die Juden immer wieder verantwortlich gemacht wurden für Pest, für Kriege, für jede Hungersnot; und daß, wann immer die Kassen der Herrscher leer waren, man die Judengemeinden vertrieb und ihre Vermögen stahl.

Der Schriftsteller und Regisseur George Tabori hat denn auch klug gemeint, wenn die Jugend von Zeit zu Zeit in eine Hysterie von Schuldgefühlen ausbricht, so nicht, weil sie unter der Last der Vergangenheit, der Schuld der Väter, zusammenbricht, sondern weil sie sich dem Druck sehr gegenwärtiger und wirklicher Probleme durch Flucht in Gefühle, also durch Sentimentalität entzieht.

Ihr empfindsames Herz macht Sie bleich? Lassen Sie sich trotzdem nicht den Appetit auf Wien verderben. Solange wir uns hier oben drehen und drehen, können wir nämlich vermelden, daß jene, deren Vorläufer Schandzeichen trugen, der Stadt jetzt, wenn nicht verziehen haben, so doch wieder Leben und Farbe schenken.

Die Kultusgemeinde zählt über fünftausend stimmberechtigte Mitglieder; die Künste, die Wirtschaft und die Wissenschaft blühen dank jüdischer Partizipation. Auch die Schwulen und Lesben mischen mit. Sie führen ein von der Stadt gefördertes Haus an der Wienzeile, und auf ihren Festen zeigt sich, was Rang und Namen hat. Und natürlich tun die vielen fremden Wienbesucher dem Staatssäckel gut.

Wien heißt Kaffeehaus, Nostalgie und Antisemitismus? Jein. Natürlich haben nicht nur die Klügsten Angst. Und wenn schon die populärste Zeitung des Landes unverfroren Geschichtsrevisionismus betreibt; und wenn im gleichen Grauen Haus Recht gesprochen wird, in dem die Nazis mit ihrem Recht 1184 Menschen mit »Gerät-F« in den Tod beförderten, dann darf auch die Angst absurde Blüten treiben. Trotzdem ist Hoffnung, daß sich der Wahnsinn in Zukunft an die Träume hält.

Und schon sind wir wieder rund um die Achse geflogen und haben wieder das Riesenrad im Glas. Der Blick von oben herab ist wienerisch, und wenn wir vor kurzem das Subjekt betrachteten, dann dachten wir an Harry Lime. Der Dritte Mann säte, von dort oben hinabschauend und das Gewimmel verachtend und wie ein grausamer Gott menschliche Leidenschaften verhöhnend und menschlichen Kleinmut richtend, nach Belieben oder Zufall Vernichtung und Leid.

Und was sehen wir? Klimatisiert sitzen wir an der Spitze der Nadel auf der Insel zwischen Alter

Donau und Strom. Draußen ist heißer Sommer, überall am Wasser liegt in den Badegewändern der gängigen Mode Wien. Stromab in der Lobau auch nackt.

Wobei hier zu korrigieren ist, was wir anläßlich unserer ersten Begegnung behaupteten: nicht, damit sie als Badestrand den Wienern eine Freude sei, wurde die lange, schmale Insel aufgeschüttet, vielmehr haben jene wild und fröhlich von dieser Besitz genommen und in wenigen Jahren fern aller behördlichen Bewilligungen mit der Copa Kagrana ein Vergnügungszentrum geschaffen, dessen Lebendigkeit gstandene Wiener schier zu erschrecken vermag.

Wenn wir Schafe wären! zitieren wir Elisabeth von Österreich, *dann wäre auch die Herde das Wahre. Aber wir sind leider weit entfernt von diesem Zustand. Deswegen sind unsere Herdengesetze lauter Utopien. Wir müssen zuerst frei sein und einsam, um das zu werden, was die Schafe schon längst und immer sind.*

Rund und rund und rundum fliegen wir und Sie möchten wissen, was dieses Gebäck dort ist, das uns nun schon zum viertenmal passiert? Das sind Powidlgolatschen, und die sollten Sie unbedingt kosten, obwohl unsere weiteren Wünsche den Kellnern offenbar powidl sind, was das gleiche bedeutet wie blunzn. Blunzn und Powidl wiederum sind beides Nahrungsmittel, aber doch nicht zu verwechseln. Blunzn ißt man sommers kalt und mit Senf und geriebenem Kren und winters als Blunzngröstl warm und heißt bei Ihnen wohl Blutwurst, wohingegen Powidl Pflaumenmus ist und in unserem Fall die Fülle eines Blätterteiggebäcks, eben einer Golatsche.

Sie möchten wissen, wo Wien ist? Wo immer eine Insel sich ausbuchtet, denken wir, vertiefen sich lieblich alle Traurigkeiten der Welt, und wir behaupten: Wien ist ein Hund, eine Mehlspeis', ein Bienenstich.

Die Gelsensonate

allegro vivace

Es ist still. Die Hitze lähmt jede Bewegung und erstickt alle Geräusche. Menschen sitzen stumm an Holztischen, Wein ruht träg in Gläsern, ein Hund liegt im Kies lang ausgestreckt, die Schwanzspitze am Boden, die Schnauze. Augen schwer geschlossen. Es ist so still, als wäre irgendwann die Welt erstarrt und hätte sich in bleiernen Schlaf versenkt.

Plötzlich brummt eine Schmeißfliege. Fern, nah, wieder fern, dann ganz nah. Der Schweif des Hundes wischt über den Boden, ein Auge klappt auf und wieder zu. Am Nebentisch hebt einer sein Glas, schlürft, schmatzt, klackt es zurück aufs Holz. Prost! sagt sein Begleiter. Ebenfalls Prost! Gläser fahren durch die Luft, stoßen aneinander; an anderem Tisch beginnt einer, etwas zu erzählen. Der Hund kläfft kurz auf, schon mischen sich überall Stimmen zum trägen Plätschern, verharren manchmal in unsicheren Pausen, um wie über Geröll und um Steine weiterzuquirlen. Es sprudelt, gurgelt, gluckst und gluckt, es bricht, wogt, wallt und flutet. Einige rufen die Bedienung, andere schreien sich über Tische Freundlichkeiten zu.

Gläser fahren hektischer an Münder und knallen heftiger auf Holz; Gläserklirren gibt den Takt zur Musik, die jetzt wuchtig aus der Schank quillt und über die Köpfe fliegt und nach fünfzig Metern ins Gras fällt. Matt schon. Die Schreie verstummen, die Gespräche versickern, der Schweif des Hundes liegt still. Noch brummt die Schmeißfliege, jetzt fällt sie in ein Glas, noch zappelt sie, daß alle hören, wie sie Wellen tritt, jetzt erlahmt sie, stirbt.

Und wieder ist es still. Die Sonne brennt. Plötzlich schneidet eine Hupe die Glut. Freunde. Sie wollen mich von diesem zu einem anderen Heurigen schaffen. Ich sage, daß ich zuerst Sie anrufen will, ich tue es, aber Sie sind wohl anderweitig beschäftigt. Also fahren wir vom »Fuhrgassl-Huber« zum »Hirten« am Kahlenberg. Hinterhältig lächeln die Freunde. So wird der ahnungslos Fremde freundlich in allmähliches Betrinken und tiefen Besuff gelockt. Hätte ich prahlen sollen, daß es niemanden gibt, der mich niedertrinkt?

Der »Hirt« ist sehr berühmt und sehr urig und liegt neben dem winzigen Kahlenberger Friedhof, in dem jeder, der auf sich hält, mindestens eine Großmutter verwesen hat, denn von hier schauen die Toten schön über die Stadt. Die Lebenden können sich um häufige Besuche drücken, weil der Friedhof doch ein schönes Stück abseits liegt. Der »Hirt« ist, wie meistens, geschlossen.

Und Markus erklärt. Die Stadt Wien, sagt er, ist im Westen, Norden und Süden von Weingärten umgeben. Die meisten liegen an den Hängen des Kahlenbergs und des Nußbergs. Die Weinbauorte Nußdorf, Kahlenbergerdorf, Heiligenstadt, Grinzing, Sievering und Neustift am Walde gehören zum Stadtgebiet Wien. Andere Weingärten liegen am Fuß des Bisambergs am linken Donauufer. Die Böden reichen von muscheldurchsetzten Kalksteinverwitterungen über Löß- und Braunerdböden bis zu Schiefer- und Ton-Mergel-Lagen. Der Wein selber ist ein Gemischter Satz, der Heurige fruchtig, spritzig und bekömmlich.

Ernst trällert: *Wer a Geld hat, der ißt Schnepfendreck / Und wer kan´s hat, laßt die Schnepfen weg / Mir is alles ans, mir is alles ans / Ob i a Geld hab oder kans.*

Ernst trällert immer Wiener Lieder und Markus erklärt immer Wien. Fanny lacht. Und Sandra hat rote Augen, seit Ottokar vor einem halben Jahr …

Vier Wiener und ich. Man wird sehen, wer die Faustregeln kennt. Nummer eins: Solange das Wort Ministerialrat ohne Anstoßen über Zunge und Lippen kommt, ist alles gut.

Weil wir beim »Sirbu« ankommen, lassen wir Markus reden: Die Rebfläche der Weinbauregion Wien umfaßt 720 Hektar und wird mit bis zu 180.000 Schilling Anpflanzförderung pro Hektoliter subventioniert. Sie wird von 644 registrierten Weinbaubetrieben bewirtschaftet, von denen 185 Buschenschenken sind. Die meisten Weinbauern sind Kleinstbetriebe. Im langjährigen Durchschnitt werden in Wien zweieinhalb Millionen Liter Wein gewonnen. Die wichtigsten Sorten: der Grüne Veltliner mit 27,1 Prozent und der Gemischte Satz mit 32,7 Prozent der Anbaufläche. Die wirklichen Wiener Heurigen dürfen nur selbsterzeugte Weine verkaufen. Äußeres Zeichen ist der grüne Föhrenbusch am Hauseingang, weshalb man Heurige auch Buschenschank nennt, und wenn der Busch hängt, ist »ausg'steckt« und der Heurige in Betrieb.

Ernst holt vom Buffet einen Wein. Normalerweise wird der Wein serviert, erklärt Markus, und nur das Essen am Buffet geholt, aber natürlich gibt es Ausnahmen, wie von jeder Regel … Fanny lacht. Sandra schaut süchtig in die Sonne. Der »Sirbu« hat sich von einem Hobbybetrieb zu einem der beliebtesten Heurigen Döblings entwickelt. Der Blick auf die Donau und auf das ganze östliche Wien ist überwältigend; und später, nachts, wird das Lichtermeer der Großstadt einem Sternenmantel gleichen, singt Ernst. Wir trinken Wein. Ein Glas und noch eins. Der Wein wird in einem Viertelliter-Henkelglas serviert, doziert Markus, das sieht häßlich aus, hat aber seinen Grund: früher pflegte man zu einem Heurigenbesuch Speck, Wurst, Fleisch, Käse und Brot mitzubringen, man aß mit den Fingern und trank dazwischen Wein, elegante Gläser wären schnell fettig geworden. Unsere wurden schneller leer.

Faustregel zwei: Man trinkt gleichmäßig, man spült den Wein um die Zunge, man preßt die Luftblasen gründlich aus dem jungen Heurigen. Dann passiert nichts. Die großen Trinker der Weltgeschichte wußten das, ich weiß es auch, aber ich sage es den Freunden nicht. Wenn du so langsam trinkst, beklagt sich Fanny, kommen wir nicht weit. Dann erzählt sie von der Zahnradbahn, die es früher gab, auf den Kahlenberg. Man fuhr hinauf, schildert sie, und wanderte dann von Heurigen zu Heurigen wieder hinab. Wenn man unten ankam, war man so betrunken, daß man die richtige Straßenbahn nach Hause nicht fand, also mußte man weitertrinken. Heute gibt es keine Zahnradbahn mehr. Heute fährt man Automobil.

Früher waren die Heurigen schöner, sagt Fanny. Ja früher! fällt Sandra ein und weint schon los. Das Wiener Raunzen, erklärt Markus, das sich nach der guten alten Zeit sehnt, ist im 13. Jahrhundert erstmals dokumentiert, als ein Jan Enenkel unter den frühen Habsburgern die verflossene Babenberger-Ära beschwor. Heast, wie klaß war's früher!

largo appassionato

Ottokar! schluchzt Sandra. Fanny tröstet. Ernst singt. Markus erklärt: Es gibt allein auf Wiener Stadtgebiet zweihundertachtzig Heurige. Aber wir müssen trotzdem nach Niederösterreich. Auf den Bisamberg. Weil von dort die Sicht über Wien phantastisch ist. Wir fahren zu Tal und setzen auf einer Fähre über den Strom. In der Donau ist auch im Sommer viel Wasser. Wo viel Wasser ist, gibt es viele Gelsen. Darum geht man nicht verschwitzt zum Heurigen. Man badet und duscht. Aber ich tue mehr. Ich trage Hemden mit langen Ärmeln, ich trage Handschuhe, Sonnenbrille, Mütze. Das mag lächerlich aussehen. Aber es hilft. Faustregel drei: Solange nichts vom Trinken ablenkt, bleibt man nüchtern.

Währenddes erzählt Markus Anekdoten: Das schlechte Jahr 1444 brachte einen so sauren Wein, daß man ihn auf die Straße schüttete. Das verbot Kaiser Friedrich Drei unter Androhung schwerster Strafen und befahl, den Wein zum Anrühren des Mörtels für den Bau der Stephanskirche zu verwenden. Die meisten schreiben den Beginn des Weinbaus in Wien dem Kaiser Probus (232–282 n. Chr.) zu, der das damals geltende Anbauverbot von Weinreben im eroberten Land aufhob und hochentwickelte Kultivierungsmethoden einführte, um jedem römischen Legionär sein Recht auf eine bestimmte Menge Wein täglich zu gewähren. Tatsächlich geht aber der Weinbau mindestens auf die Kelten und Illyrer zurück und ins fünfte vorchristliche Jahrhundert. Die Türkenangst gründet unter anderem darauf, daß Soliman 1529, nachdem er die Belagerung der Stadt wegen Schlechtwetters abbrechen mußte, beim Abzug die Weingärten vernichten ließ.

Fanny meint, das sei ein langweiliger Scheiß. Markus meint: kusch! und Ernst sagt, früher hätten Frauen zum Glück keine Buschenschenken betreten dürfen. Sie mußten vor dem Lokal auf ihre Männer warten, trumpft er auf, nicht einmal sitzen durften sie! Darauf behauptet Sandra, daß Ernst und Markus so nicht, wenn Ottokar ... und heult schon wieder los. Fanny teilt uns mit, daß sie dringend einen Wein braucht, wenn sie nicht vor Wut platzen will. Ich empfehle, nicht zu trinken, wenn man nichts verträgt, und erinnere an Faustregel vier: Geh durch eine enge Kellergasse. Wenn du ohne Abschürfungen am anderen Ende ankommst, bist du noch nüchtern. Fanny lacht. Sandra lacht. Markus erklärt, Weintrinkers Ziel sei das Trinken und nicht das Betrunkensein.

Der »Langer« hat von April bis Juni und von August bis 1. November ausg´steckt. Mittwoch ist Ruhetag. Der »Langer« ist ein Bergheuriger ohne Berg und auch sehr berühmt. Hier fahren die Jungen mit den Stadtjapanern vor, hier ist man nett und adrett und frönt der erlaubten Sucht. Markus beißt in einen Pfefferoni, Essig tropft ihm vom Kinn. Sandra ist schon wieder traurig. Wo sie doch mit Ottokar Kinder wollte … Wir trösten, bis sie wieder trinkt.

Der Wein, behauptet Markus, wird nirgends so schnell weggetrunken wie in Wien, beinahe die ganze städtische Jahresproduktion rinnt in wenigen Monaten durch die Kehlen. Wein, singt Ernst, trennt nämlich von Wien nur eine Lautverschiebung. Im späten Mittelalter, behauptet Markus, war der Weinverbrauch etwa sechsmal so groß wie heute. Allein in den Wiener Buschenschenken wurden gegen Ende des 16. Jahrhunderts durchschnittlich hundertzwanzig Liter pro Kopf und Jahr getrunken. Es war damals durchaus üblich, in den Spitälern den Kranken zur Vorbeugung und als Heilmittel täglich bis zu vier Liter Wein zu geben. 1814 tranken die Wiener nur noch siebenundachtzig Liter, 1870 waren es sogar nur noch vierzig Liter.

Und wieso bitte, fragt Sandra.

Weil die Konsumsteuern auf Wein umstiegen, weil das Zapfenmaß eingeführt wurde, weil Kaffee und Bier aufkamen. Die Reblauskatastrophe in den achtziger Jahren des vorigen Jahrhunderts! Sie brachte den Wiener Weinbau fast völlig zum Erliegen. Erst nach dem Zweiten Weltkrieg konnte sich der Winzerstand wirtschaftlich erholen.

Ernst seufzt und singt: *I muaß in' frühern Leben / amoi a Reblaus g'wesen sein / sonst wär mei' Sehnsucht ned so groß / nach einem Wein. / Und wenn i' stirb / Möcht' i a Reblaus wieder sein.*

Der Heurige ist billig, nach vier Gläsern

brummt der Kopf, dann dröhnt er, bis er endlich zerbirst. Dann klingen die Wiener Lieder aus ihm. Ernst singt auch im Auto, oder er grölt, aber seltsamerweise klingt sogar das ganz gut. Ernst kennt achtundvierzig Wiener Lieder. »Die Alte Engelmacherin« mag er am liebsten, aber die singt er erst um Halb nach Mitternacht, und weil er alle Strophen kennt, dauert das Lied bis Eins.

Vom »Langer« sieht man über die Donau nach Wien. Keine Gelsen. Weil man nicht schwitzt. Später, wenn der Wein treibt, schlafen sie. Wen's in der Früh erwischt, ist selber schuld.

scherzo – allegretto

Wir fahren über die Brigittenauer Brücke zurück nach Wien und zum »Zimmermann«, der an der Agnesgasse liegt, die vom Weinbauerndorf Neustift am Walde zum Weinbauerndorf Obersievering führt. Der »Zimmermann« hat einen schönen Naturgarten mit Vögeln, Hasen, Frettchen und Meerschweinen. Die sitzen in Käfigen und schauen den Gästen beim Trinken zu. Wir essen Kümmelbraten und Erdäpfelsalat. Daß das Schweinerne runtergeht, braucht man ein Wein! singt Ernst. Dieses »ein Wein« ist raffiniert. Es individualisiert die Mengenangabe. Was ist schon ein Wein: ein Glas, ein Liter, ein Faß?

Dann singen Ernst und Fanny: *A Krügerl, a Glaserl, a Stamperl, a Tröpferl.* Wichtig ist, erklärt Markus, daß die rosa Zungenspitze zwischen strahlenden Zähnen hervorlugt, denn Fanny ist charmant und keß, aber nicht frivol, weil die Verkleinerungsform jede Ernsthaftigkeit erstickt: du Zumpferl, du Feigerl, du Dutterl, du Schweinderl. Der Vater des Wiener Liedes, erklärt Markus, ist der Leichtsinn, die Mutter ist die Melancholie. Schon Walther von der Vogelweide sagte: *Z'Osterriche lernte ich singen und sagen.* Und es gibt, behauptet Markus, das ungarische und italienische Lied, aber nicht das Budapester oder das Römerlied. Aber es gibt kein Österreicher, sondern das Wiener Lied. Mir kommen die Canzoni Napoletani in den Sinn, aber ich will nicht unhöflich sein. Ernst singt, schon Schiller habe geschrieben, daß die Wiener ein Volk von Phäaken seien, das gerne schlemmt, gut trinkt und singt. Dann singt er nochmals und laut: *A Krügerl, a Glaserl, a Stamperl, a Trankerl / und dann foama Automobüü / Scheib'i wen nieda / und der reißt a Bankerl / passiern kann uns eh net sehr vüü / denn wenn man uns kurz in den Häfn a schickt / na wenn schon, s' is a Kavaliersdelikt / a Spitzerl, a Schwipserl, a Räuscherl, a Schwüü / ma braucht zur Söligkeit zwaa, drei Promüü.*

Worauf Sandra den ultimativen Zusammenbruch kriegt. Du Arschloch! schreit sie. Tränen schießen aus den Augen. Wir schweigen betreten. Schließlich brüllt Sandra, Ernst sei ein gefühlloser Arsch, sie halte das nicht mehr aus, sie wolle nach Haus. Markus holt Wein. Fanny tröstet. Ernst ist beleidigt, schmollt und versinkt im Wiener Selbstmitleid, das, erklärt Markus, ein guter Schutz gegen wirkliches Leiden sei.

Ich sehe interessiert zu, wie die anderen immer betrunkener werden. In Sievering entdecken wir den »Bacher«, der nur von Anfang Juli bis Mitte August und von Ende August bis Mitte

September ausg'steckt hat. Den »Bacher« hat keiner gekannt. Wir denken, daß er der schönste ist. Sogar Sandra fühlt sich mit der Welt versöhnt. Ein wildromantischer Gastgarten, in dem die Tische nicht dicht an dicht stehen, sondern irgendwie zufällig aus der Wiese wachsen. Das alte Ehepaar Bacher bedauert, daß wir spät kommen, zu spät, Sperrstunde sei. Wir sagen, daß wir auch ganz brav, ganz schnell trinken würden. Der Herr Bacher meint, daß man seinen Wein nicht schnell trinken dürfe, das sei schade drum und wider die Vernunft. Ernst singt, *wo man singt, da laß dich nieder.* Schließlich läßt sich der Herr Bacher doch erweichen. Wir nehmen die Karaffe mit hinaus und setzen uns an einen Tisch. Nahbei erklärt ein Dicker seiner Runde die Welt.

Die sollen, sagt er, überwachen, wer die Lebensmittel kriegt, die streiten über die Verteilung, die haben ein ganz anderes Denken als wir, ich spende nichts, wir sind alle deppert, jaja, recht hast du, Fredl, aber weißt eh, Karl-Kraus-Zitate kennen ist noch viel schlimmer als überhaupt nichts wissen, der X soll eingreifen, schickts ihn abi, der macht das gern, die Amerikaner sind auch nicht mehr, was sie waren, die Russen, was machen die mit ihrem ganzen, nein, Dorli, nein, ganz bestimmt nicht, jetzt hör zu und unterbrich mich nicht, die beliefern die Serben, ist eh klar, ein Hungriger kann nicht schießen, wir schicken tausend Ladungen abi, die leben im Überfluß, nichts haben wir gehabt unterm Hitler am Schluß, wir haben kein Fressen gehabt und keine Munition und kein Wasser hat's gebn in Wien, Poldi, das weißt du genau, daß das gut war, wir haben nichts gehabt zum Zurückschießen, gut war das, sag ich doch, Dorli, sonst wäre das noch lange weitergegangen, drum sage ich, alles zumachen da unten, zumachen, denk doch einmal logisch, denk doch einmal einen Gedanken zu Ende …

Ich bin froh, daß er redet, weil wenigstens die Freunde nicht streiten. Ich suche den Großen Bären und finde ihn ohne Probleme. Also bin ich noch nüchtern, Faustregel fünf.

Schließlich verlange ich, nach Grinzing zu fahren. Ernst faßt sich verzweifelt ans Herz. Aus der Melancholie schießt Sandra in jähes Entsetzen. Fanny lacht. 1956, erklärt Markus, gab es in Grinzing 281 Original-Heurige, die eigenen Wein verkauften und ein einfaches Buffet boten; und drei Pseudoheurige, die fremden Wein zukauften und mit üppigen Speisekarten aufwarteten. Heute ist das Verhältnis zehn zu zweiunddreißig. Die Gäste werden in Bussen angekarrt, Italiener, Deutsche, Amerikaner, man serviert Pizza, Chicken Wings, Chefsalat. Das ist grauenhaft. Das hält man nicht aus. Ich insistiere und gebe nicht nach.

Aber der Heurige, in dem wir ein schnelles Fluchtachterl trinken und dessen Namen zu nennen sich nicht lohnt, ist tatsächlich eine Katastrophe. Effizient in Terrassen angelegt. Oben spielt eine Musik, unten spielt Musik. Oben singen sie »Eviva Espagna«, unten singen sie russische Lieder. Dazwischen stapfen zwei Geiger und fideln sich gegenseitig nieder. Faustregel sechs: Visieren Sie mit ausgestrecktem Arm einen Japaner an. Kneifen Sie abwechselnd das linke und das rechte Auge zu. Wenn der Japaner Ihnen rechts und links vom Daumen hüpft, sind Sie noch nüchtern!

Ernst hatte recht, Sandra hatte recht, Fanny hatte recht, ich entschuldige mich.

Der Begriff »Heuriger« ist gesetzlich nicht geschützt, erklärt Markus, aber der Kenner erkennt einen echten am Föhren-, Tannen- oder Fichtenbusch beispielsweise, der vor dem Lokal zu hängen hat. Natürlich versuchen falsche Heurigen die Gäste zu legen, indem sie eine Art Adventskranz vor die Türe hängen. Aber ein Kranz ist kein Busch! Früher, lallt Ernst. Früher wurde auch betrogen, meint Markus, Heurigenwirte schmuggelten Geselchtes im Zylinder, um Wettbewerbsvorteile zu ergattern, Stadtgrenzen, Gemeindegrenzen, da konnte es sich schon lohnen, ein paar Zölle zu umgehen.

Das soll ein Witz sein, fragt Fanny, hihi oder so? Jetzt wirft sie sich Ernst an den Hals und leckt ihm das ganze Gesicht. Wie ein Hündchen leckt sie ihm das Gesicht. Markus schaut angewidert und meint, er holt noch einen Wein. Ich hätte, erklärt Sandra, Ottokar nicht … Schon weint sie wieder, schon schmettert Ernst ein neues Lied. Hier, sagt Fanny, glaubt nicht nur Hans Moser, die Rink… Reinkarnation einer Reblaus zu sein. Komischer Gedanke. Erst Wachtel, dann Wiesel. Der Herr am Nebentisch allerdings ist eher fischig. Starrt ständig auf Fanny. FISCH mit Froschaugen …

Jetzt gehen unsere Freunde spazieren … Frische Luft und Alko … Wir bleiben lieber und … Wir sind ja nicht verliebt.

Wir bleiben sitzen und trinken Wein.

Zufrieden? Suche den Großen – Faustregel Acht: Großer Wagen kann nicht schaden! – und denke, denke an … Gelsen plötzlich … Zweiflügler mit vielgliedrigen Fühlern, teils säfteraubend, Blut, teils räuberisch lebend, zum Beispiel Stechmücken nicht verwechseln mit Reblaus, zu den Pflanzenläusen gehörendes schädliches Insekt in Weinbaugebieten mit Gene…rationswechsel, die Reblaus geht nicht auf Schweiß!!! und wurde nicht von Kaiser Joseph Eins erfunden, eingeschleppt. Siebzehnzwoundsiebzig aus Kalifornien, aber Joseph Eins erfand das Heurigengesetz, großer Aufklärer verschreibt seinen Untertanen Alkohol, trink trink … Trin=kfestigkeit ist eine Frage von Charakter und Kontrollolle, die … Man behält auch nach dem achten Achtel klaren Kopf, packt schwiig … schwieigste Gedanken am Schopf< ich würde Sie jetzt gerne begrüßen< Alkohohol kann sich nicht einnisten nicht festsetzen halten mehren Allokohol ist flüschTIsch isch würde Sie jetzt gerne begrüßen man läßt ihn fliehen wo ist Sandra? wo ist Fanny? oder zWingt ihn zur Fl*cht/Flucht. wir nehm ein Taxi und fahr wohin schlechte FreunDE lassen uns …

Das war … Räuber! Verbrecher!! rasender!!! Als wär der Teufel hinter ihm her. Hab nur an Ottokar gedacht, Kurvt über drei Paßstraßen wird frech wenn es einem hochkommt, wirft einen mitten im Niemandsland raus … zum Glück hört man Musik … sieht man Lichter, riecht Grillfleisch … die »Alm«. Griechischer Wein! singt wer singt das bloß, die muß man doch kennen Griechischer Wein? Nußbäume und Lichtgirlanden. Ist ein Gar4tenrestaurant im wüstesttestestenn Brachgelände Wiens un mitten im Nordbahnhof. An Hasen und Forellenbecken vorbei und Sandlerburgen und Lagerhallen, die seit sieb…siebsehn Jahrnichtmehr … Einer traktiert seinen RoLANd E-20 – solange man noch lesen kann, ismannicht betrunken: Fausregel 8nein 9 –, aufgedonnerte Schönheiten lassen sich von tÄtowierten wirbeln, wir bestellein Wein …

Ich bin, schreit einer, in OT-Ottakring groß worden wenn ich sum Heurigen geh fahr ich nach Ottarking! und sitzt weiter auf seinem breiten Arsch in der Brigittenauwenn in Meidling die Sonne hinter den Bergen versinkt … Heurigen sind Schlangengruben der Traurigkeit. Man braucht bloß mit dem Stock sschon zzischeln die Schicksale einer hat seine Tochter sum lestenmal gesehen als sie vier war 4 jetzt ist sie siebenzundswanzisch wenn isch im Ferns8ehen einen Famieleinfil§m sehe da drückts mir scho0n eine Träne raus sagt er sonst wein ich nicht aber da drukts mir schon eine Träne raus … Wein isch halt mit…

Rolf, KLarli, Tutsch und Burli(Junge Männer mit RoleX ein alter AS-Asket und ein Gebirge von einem Mann der sum Frühschtück Schweißbrenner frißt und keinem in die Auzgen schaut …

Wenn der Blik ganz kalr ist und und keiner amMorgen denkt sie singen und sie tannzen wissen nischt warum … DAs UffFO ist ein Flugzeug die Grssse Mauss stet am Himmel wer trinkt fährt nicht armer Ottokar a Spitzerl, a Schwipserl, a Räuscherl, A Schwüü ma braucht zur Söligkeit zwaa, drei Promüü. STehm am Himmel. Sterne die Große Maus. Was ist dazuzusagenzu … GErne zerfäölt der Mensch un er zerfällt schnelll … Wieson nicht??? Helumt Kamin7skiy wu4de hundertacht und er trank jenene Tag sein Weinl. Wass sagt man sazu%% Ottkamr hälttte nischtrinken dürfn+ Auto plus Alkoßol isschlescht jetzt ist auch OOttokar totl. Weg ist er. Im Himmel denn der Weaner ge§§ht net unter underHerrgod hadie Weaner so gern zweihundert achzi Heurige gibt es in WIEN und wir waren nichteinmalin 10 dabei hat Fanny soviel gelacht, so viel gelacht hat sie heut

Zwischenspiel 2: carmina urbana

So waren auch umn die gantze Stadt herumb fasst alle Lust- unnd Wein-Gärten, Gassen und Straßen mit Toten unnd kranken Leuten ausgefüllet. Als wie einer, der ein Sack-Pfeiffer gewesen, von Siechknechten, weil er auf selbigen Weg wegen eines starken Rausches gelegen und geschlafen, in die Todtengruben geworfen, nach einer Nacht unter den Siech-Todten erwachet und aus der Gruben gesteigen, Namens Augustin.

Alles ist hin? In jeder anderen Stadt müßten wir uns entschuldigen, an jedem anderen Ort wär es uns peinlich, in jedem anderen Zusammenhang müßten wir uns verkriechen. Aber hier gehören Sturz und Auferstehung zum Programm, denn man stirbt oft und gern in Wien.

Hoch stand die Sonne, Backofenhitzen lähmten die Gedanken, seltene Windstöße brachten Gluthitzen aus den Tiefen der Puszta. O wonnevolle Welt: Jetzt wird schon Herbst.

Wie leicht einem Geschichten zustoßen oder zugestoßen sind oder zugestoßen wären oder hätten zustoßen können, so oder anders, aber immer wahr wie Wahnsinn, Wein und Wiegenlied. Die Stadt ist verwinkelt, die Sprache: doppelzüngig und elegant oder lieb.

Wir haben Sie wegen einer gewölbten Glasfront hergebeten, die der Architekt Hollein für diesen Tempel verwöhnten Konsums entwarf, für das neue Haas-Haus am Stephansplatz, das natürlich auch ein Wahrzeichen ist.

Und wir bitten Sie wegen der Aussicht hinein und hinan.

Ist das vielleicht phantastisch, so nah ist der Dom, daß sein Dach aus schwarzen, gelben und grünen Keramikziegeln das ganze Fenster wie ein gewaltiges Tafelbild füllt?

Wir begegneten hier am Fenster vor ein paar Jahren einem älteren Herrn und seiner Gemahlin. Man saß zufällig am gleichen Tisch. Sie fragten, ob uns das Dach gefalle. Wir gestanden, daß wir hingerissen seien. Worauf der Herr meinte, er habe es gebaut. Er sei nämlich der Leiter jener Gruppe gewesen, die das Dach des Doms rekonstruierte nach dessen vollständiger Zerstörung zum Ende des Kriegs.

Das Originaldach war eine Meisterleistung gotischer Zimmermannskunst gewesen, sagte er, man hat es durch eine Stahlkonstruktion ersetzt, aber das Ziegelbild, das habe man so genau wie möglich kopiert.

Da saß er und genoß sein Werk.

Beachten Sie auch die ziselierte Sandsteinnadel des Doms. Dieser Südturm wurde wahrscheinlich um 1359 begonnen und 1433 durch Hans von Prachatitz vollendet. Der Nordturm wurde 1450 in Angriff genommen, und man baute bis 1511 daran. Aber dann wurden die Arbeiten auf halber Höhe eingestellt. Natürlich war der Teufel schuld. Er schmiß alles, was weiterwerken wollte, hinab.

Weit unten liegt der Platz. Er ist das Herz der Stadt. Ununterbrochen strömen Menschen durchs Portal ins Kirchenschiff, die wenigsten werden wissen, daß links und rechts neben dem gewaltigen Spitztor zwei Heidensymbole die Reliefsäulen aus Sandstein verzieren, die *Fut* und *Beidel* heißen.

Lang sind die Schlangen vor den Bankomaten. Können Sie sich Biographien denken? Die alte Dame dort mit der grünen Tasche vom Meinl am Graben, dem Feinkostgeschäft. Trägt sie Katzenfutter, eine Milch? Die Frau mit dem Hündchen. Wofür braucht sie vom Bankomaten Geld, für Miete, Make-up, Maßlosigkeit? Die nächste Frau, die blonde im schwarzen Kleid, wie alt mag sie sein? Schon eilt sie weiter und ins Schuhgeschäft am Eck. Ein junger Mann jetzt, Jeans, Pullover, Philosophenbrille. Er verweilt unschlüssig beim Stock im Eisen, der ein Holzstamm ist, in dem zahllose Nägel stecken, und der dank eines Eisenbands an jenem Eckhaus hängt. Der Stock im Eisen findet eine erste Erwähnung in der städtischen Oberkammeramtsrechnung von 1533, Wandergesellen sollen so ihre Anwesenheit in Wien dokumentiert haben, aber wirklich gesichert ist sein Geschichtsbeginn nicht.

Dem jungen Mann ist's wurscht. Er schaut sich um … entdeckt jetzt … seinen Freund? Zusammen tippen sie Codenummern in die Maschine und ernten buntes Papier.

Und die fünf Männer dort. Sie tragen die gleichen halblangen Mäntel, die gleichen halbbraunen Aktenkoffer, die gleichen Architekturpläne unterm Arm. Immer wieder deuten sie da herauf, wo wir sitzen und hinabschauen und bald dieser, bald jener Gestalt zu folgen versuchen.

Schauen Sie dort, eine Verrückte, sie schreit die Auslage der Aida an, der Konditorei dort … nein

… sie hat ein Handy, ein Mobiltelefon … dort auch, sehen Sie, vor dem Tor des Doms, drei Männer stehen mit den Rücken zueinander und diskutieren.

Das ist ein Leben, ein Kaufrausch und eine Geschäftigkeit. Fast könnt' man meinen, daß Wien seinen Ruf als Welthauptstadt des Schlendrians leichtfertig verspielen möcht', aber beachten Sie, wie angenehm ruhig, wie still es trotz der allgemeinen Bewegung im ganzen Stadtzentrum ist.

Schuld ist die Fußgeherzone, die von der Oper über die Kärntner Straße bis hierher und von hier bis zur Hofburg reicht. Die Kärntner Straße zählte immer zu den vornehmsten Boulevards der Stadt und war offenbar schon 1257 als *strata carinthianorum* bekannt. Die Fußgeherzone wurde von den Architekten Holzbauer und Windbrechtinger entworfen und anfangs vor allem von der – no na! – Geschäftswelt heftigst bekämpft. Inzwischen hat sich diese Geschäftswelt nicht nur beruhigt, sondern sogar schriftlich beim Bürgermeister entschuldigt und ist zufrieden und reich, täglich sind Hunderttausende unterwegs, man schlendert und kauft bei den Bankomaten Geld und mit dem Geld die Genüsse der Welt. Oder man setzt sich beim geringsten Sonnenstrahl in eines der vielen Straßencafés, als wäre Wien Rom und Paris.

Großstadtgesänge? Wien: östr. B.-Land (415 km^2) u. Hptst. von Östr., 1,7 Mill. E., anstelle des Lagers Vindobona entstanden, 1137 erstmals als St. erwähnt, s. dem 12. Jh. Residenz der östr. Herzöge; 1276 Habsburg., 1529 und 1683 vergebl. von den Türken belagert, im 18. Jh. großzüg. Ausbau, 1814/15 Tagungsort des Wiener Kongresses, 1848

Aufstände, im 19. Jh. Entw. zur mod. Großstadt; wirtschaftl. Zusammenbruch; 1944 erster von 52 Luftangr. auf Wien; Wiederaufb. und Entw. zur Metropole; Kunstgewerbe, Verlage, Druckereien, Fahrzeug-, Masch.-Bau, Erdölraffinerie, chem. u.a. vielseit. Ind., internat. Messe, Vision 2000.

Großstadtgesänge? Es gibt in Wien an die tausend Kindergärten und Kinderhorte und Kindertagesheime, aber zum Beispiel nur drei Spezialgeschäfte für motorisierte Kettensägen. Und wenn Ihnen das kein Beweis wäre, könnten wir ergänzen, daß einerseits die Zeitungen voller Klagen über mangelnde Kinderbetreuungsorte sind, während die Kettensägenindustrie selten jammert, daß man vor lauter Bäumen den Wald nicht sieht.

Trotz des Wienerwalds übrigens, der sein Überleben einem einzigen Menschen verdankt, einem gewissen Josef Schöffel, der in der zweiten Hälfte des vergangenen Jahrhunderts im Alleingang den von der Regierung mit dem Holzhändler Moriz Hirschl geschlossenen Abholzungsvertrag hintertrieb.

Großstadtgesänge, wir haben mehr. Bier, Milch und Benzin zum Beispiel kosten pro Liter circa das gleiche. Und von der Allgemeinen Poliklinik über die Fertilitätszentrum-Privatkrankenanstalt und die Ignaz-Semmelweis-Frauenklinik bis zum Wilhelminenspital gibt es in Wien dreiundsechzig Krankenhäuser, und es mangelt ihnen nicht an Betrieb.

Aber statt nur von der »Krankheit als Abbild der Stadt« zu sprechen, wollen wir Sie zu einem Wahrzeichen führen, das in Wien einen sehr prominenten Platz einnimmt:

Vom Kahlen- und vom Leopoldsberg, vom Donau- und vom Stephansturm, von jedem Hügel, jedem hohen Haus aus sehen wir immer wieder einen schwarzen Quader, der wuchtig das Grau der übrigen Stadt überragt. Was ist dieses stumm drohende Monument obskurer Macht: eine Kaaba mitten in katholischem Land? Was ist dieses Schwarze Loch, das Unnennbares birgt?

An diesem späten Nachmittag eines frühen Herbstes gehen wir hin und hinein und wollen hinauf auf das Dach. Durch endlose Flure irrend zusammen mit anderen, die auch zu irren scheinen, und farbigen Hinweisschildern folgend, die von seltsamen Zuständen künden, haben wir Zeit, das Innere des Kolosses zu ergründen: es ist der Siegespalast der Schulmedizin, das neue AKH.

Das Allgemeine Krankenhaus war Zeit seines Entstehens von Finanzskandalen geschüttelt und bedurfte einer so langen Anlaufzeit, daß man vielenorts spottete, es sei schon vor Inbetriebnahme veraltet. Aber jetzt steht es und funktioniert.

Dreieinhalb Millionen Kubikmeter umbauter Raum. Fünfundzwanzig Universitätskliniken, dreihundertzweiundfünfzig Ambulanzen. Vieltausende Untersuchungen pro Tag und zweitausendzweihundertsechsundneunzig systematisierte Betten. Den einen ist es das anachronistische Zeichen eines seelenlosen Geistes, anderen die Wunderfabrik schlechthin, die heilt und repariert.

Wir haben's am Beispiel eines Bekannten erlebt, der sich auf der Autobahn mit hundertachtzig Sachen angebaut hatte, natürlich alkoholisiert. Er war aus dem Wrack gekratzt und im AKH wieder zusammengesetzt worden, während in der Stadt die Gerüchte schon Blüten trieben – er ist tot, hieß es, begraben, sein Erbe wird verteilt.

Stattdessen lag er zuerst in der Intensivstation und dann genesend in der Psychiatrie des AKH, wo man erwartete, auch noch die letzten Traumen wegzukurieren.

Die Psychiatrie war damals über irgendeinen Keller zu erreichen und keine lustige Affaire, aber wir steigen jetzt aufs Dach, damit Sie sehen, daß in Wirklichkeit zwei dunkle, schmucklose Kuben sind, was aus der Ferne wie ein schwarzer Monolith erscheint.

Die gewaltigen Flachdächer versperren sich zwar der Benützung, als ob Luft und freier Himmel der Patienten Gesundung schadete, aber wir betreten das eine doch und sehen auf eine Stadt, die sich unter Sturmwolken duckt. Schauen Sie, an wievielen Orten die kompakte Ziegellandschaft schon aufgebrochen ist. Wie eine Verpilzung treibt überall Glas, Beton und Stahl hinan, und dazwischen liegen neuerdings Dächergärten, aus denen nachts manchmal Feuerwerk steigt.

Dort verläuft die Blinden-, dort die Invaliden- und dort die Taubstummengasse. Und was Sie da sehen, diese Anlage, die gitterförmig eine Grünzone überzieht, das ist das alte AKH.

Leopold I. ließ es ab 1693 bauen, um Krüppeln aus den Türkenkriegen und Obdachlosen Wohnplätze zu geben. Ab 1733 nahm es als um fünf Höfe liegendes Großarmenhaus fünftausend Menschen auf. 1793 wurde die großzügig erneuerte Anlage als »Allgemeines Krankenhaus« eröffnet. Dazu gehörte auch der »Narrenturm«, ein kreisförmiges Gebäude, das auf jedem seiner fünf Stockwerke achtundzwanzig Zellen besaß. Falls Sie den Narrenturm besuchen möchten, der jetzt das Pathologisch-Anatomische Bundesmuseum birgt, zu dessen geheimen Schätzen der Kopf von Luigi Luccheni, dem Mörder von Sisi, zählt, dann rufen Sie vorher an, die Öffnungszeiten sind ein wenig närrisch. Aber beeilen Sie sich! Noch schwimmt der Kopf im Formaldehyd, aber man will ihn bald begraben.

Das alte AKH verfügte zum Schluß neben dem großen Gartenhof über zwölf kleinere Höfe, als man es stillegte, verwucherten diese Höfe, und auch die alten Sezierräume verströmten eine Menge schauerlicher Gefühle. Es gab zwar keine Leichen mehr, aber es gab noch die nirostaglänzenden Türen der Kühlfächer, in denen man die Leblosen gelagert hatte.

Wenn Sie dann Musik gehört hätten, nein, das wären keine Geisterharfen gewesen, das war Wien, wie es ist. Die Siechgrube selber war nämlich auferstanden und diente, zu Teilen immerhin und nicht immer ganz innert der Legalität, Festivitäten vieler Art: man trank Sekt, wo man geblutet hatte, und Wodka Lemon, wo man einst starb. Inzwischen wird das alte AKH in eine Campus-Universität verwandelt, mit Instituten, Wohnungen und Lokalen.

Sie meinen, Sie hätten sich in den alten Sezierräumen bestimmt gefürchtet? Nun, auch wir haben nicht gelacht. Aber wir meinen, daß nicht nur hinabblicken sollte, wer von oben schaut, sondern vor allem tief hineingehen muß in die Unterwelt, Keller und Kanäle und Katakomben, in denen jene ihr Unwesen treiben, die das Licht der Tage scheuen. Diese wiederum haben natürlich auch ihr Wahrzeichen und Symbol. Es ist ein Tier, das sich im Verborgenen hält und dessen giftiger Atem tötet, es ist eine Kreuzung zwischen Kröte und Hahn, es ist der Basilisk. Es gibt nun die einen, die behaupten, den Basilisk gäbe es nur in den Träumen und darin nur als Angst. Ihnen wollen wir mit Freud entgegnen, daß ihre Träume psychoneurotisch sind und aus psychosexuellen Erregungen stammen, wobei die Angst verdrängter Libido entspricht und wie der ganze Angsttraum die Bedeutung eines neurotischen Symptomes hat.

Unter Kennern der Materie nämlich herrscht kein Zweifel, daß sich Basiliske noch immer in den Abgründen der Stadt verbergen. Leider datiert die einzig gesicherte Sichtung weit zurück: Am 26. Juni 1212 wurde einer in der Schönlaterngasse im Hausbrunnen des Bäckers Martin Garhiebl entdeckt. Man habe dem Basilisken einen Spiegel vorgehalten, worauf er zerplatzt sei.

Die Sonate vom Gastmahl der Wiener Dichter

allegro con brio

In der Innenstadt gibt's ein Lokal, das einen Keller hat.

Diesem wahren Satz ist hinzuzufügen, daß es in der Innenstadt viele Lokale gibt, und daß beinahe jedes einen Keller hat. Die Lokale heißen oft Beisl und sind oft berühmt, und die Keller darunter haben meistens die Form von Tonnengewölben. Man liebt diese Keller, wenn man Wiener ist, und man liebt sie besonders, wenn dort etwas passiert.

In der Innenstadt gibt's also ein Lokal, das einen Keller hat.

Der Weg führt durch eine Tür und an der Schank vorbei zu den Steinstufen, den alten, und dann hinab das Eisengeländer entlang, hinab in einen ersten Raum, in dem ein paar Tische stehen, und durch einen zweiten Raum zu einem Torbogen, der sich auf den Madonnenkeller öffnet; diesen Weg nahm ich an jenem Abend in Begleitung meines Freundes P., der ein Philosoph ist und mich deshalb oft gewaltig ärgert. Weil er es nämlich versteht, mir ständig zu widersprechen.

Nun mag man sagen, der Widerspruch sei der Vater allen Denkens, so ist er dennoch lästig, wenn er an eigenen Gewißheiten kratzt: ich bin nun einmal überzeugt, daß Lebensfreude und Sinnlichkeit den Menschen zum Menschen machen, wohingegen der P. immer wieder behauptete, es sei der reine Geist. Und wann immer ich sagte, zu den höchsten Genüssen eines Geistesmenschen zähle ein gutes Essen, erwiderte der P., daß der Geistesmensch allenfalls Würstelstand und Tiefkühlkost tolerieren dürfe, weil nämlich Essen nicht nur Zeitverschwendung sei, sondern auch und vor allem Ablenkung und Weglenkung vom hehren Ziel.

Unsinn! fauchte ich, ohne Festmahl existieren weder Körperfühlbarkeit noch Körpersinn; und ohne sie, wo bleibt dein Geist? Aber der P., der Philosoph, hatte natürlich nicht nur die meisten, sondern immer auch die letzten Worte. Er redete von Zuweisungen und von der Differenziertheit des Codes, vom Bedeutungsreichtum und von der Sublimität und kam zum Schluß, daß ich allein deshalb nicht befugt sei, vom Geist zu reden, weil ich meine spärlichen Honorare weder in Bücher investiere noch ins Internet, sondern in Roastbeef und Stubenküken. Sollte ich darauf entgegnet haben, daß es sich mit einem Stubenküken im Magen besser dichte als mit Knabbernossis, hätte der P. schnell widersprochen: Der Kopfarbeiterkörper, hätte er doziert, ist solchen Unterschieden gegenüber vollkommen indifferent, weil seine Funktion eine ausschließlich dem Kopfarbeiterkopf dienende sei.

Als mir die Worte auszugehen drohten und als sich in mir die Gewißheit verdichtete, daß ich ein Streitgespräch um Kopfarbeiterkörper und Kopfarbeiterköpfe schmählich verlieren würde, weil es erstens in dieser Stadt eh niemanden gibt, der aus irgendeinem Streitgespräch mit dem P. siegreich hervorgehen könnte, und weil ich zweitens Hunger bekam, was meinem Denken besonders abträglich ist, beschloß ich, seinen Argumenten mit einem Experiment zu begegnen: Ich würde den Keller eines Beisels wählen, ich würde mit dem Koch eine Speisenfolge entwickeln, ich würde Dichter einladen und sie auffordern, zu den Gerichten Passendes zu dichten, und ich würde Speis' und Geist so verschränken, daß sich daraus ein Ganzes ergäbe.

Wenn man das Essen zur Muse der Dichtkunst macht, sagte ich zum P., läßt sich bestimmt beweisen, daß das Essen vom Dichten nicht ablenkt, sondern vielmehr hinlenkt zum Gedicht; und daß eine kulinarische Köstlichkeit den Dichtergeist nicht verfettet, sondern beschwingt. Wetten, sagte ich zu P., daß das Wechselspiel zwischen Gedicht und Gericht auch auf dich seine Wirkung nicht verfehlen wird?

Wetten, meinte P., daß du dich lächerlich machst?

adagio

In der Innenstadt gibt's ein Lokal, das einen Keller hat.

Dort saßen an diesem Abend und an einer U-förmigen Tafel Dichter und der Dichter Gäste, um Wort und Speis' Reverenz zu erweisen. Die Gäste waren in Festtagslaune, die Tafel mit weißem Damast gedeckt, mit Silberbesteck und Porzellangeschirr und Gläsern aus Kristall, und die Dichter ein bißchen nervös.

Man saß also und plauderte, man ließ die Gläser klirren und trank einen ersten Schluck Wein, man wartete und harrte der Dinge, die sich ereignen würden; und es fiel den nicht dichtenden Gästen auf, daß die Dichter, je dichter sie zu ihren Gedichten kamen, von umso poetischerem Ernst ergriffen wurden.

Ernst hieß denn auch der erste Dichter mit Vornamen, mit Zunamen Molden: *Erinnerst du dich an jene weiße Geiß,* hob er an, *die eines Tages auftauchte, um einen Sommer lang am Schwedenplatz herumzustehen, ohne zu sagen, woher sie kam? Ist jetzt 1000 Jahre her …*

Die Gäste nickten, die Gäste lauschten, die Gäste folgten dem Schicksal der weißen Geiß und schlürften ganz leise nur, um ja kein Wort von dem zu verpassen, was man hier vortrug. Denn die Gäste wußten, daß verpaßte Worte für immer verloren sind. *Mitten im Sommer,* fuhr also der Dichter fort, *Sie steht plötzlich da und trägt das reine Weiß. Weiß, wie es die Akazienblüten tragen, ehe sie am Gestade des Gänsehäufels ersaufen, weiß wie die Schürze eines Fleischhauers am Montagmorgen in Sankt Marx, weiß wie die eine Wolke hinter dem Schwechaterzeichen, ganz oben am Donauturm …*

Manche Gäste hielten die Augen geschlossen, um die Dichterworte besser wirken zu lassen. Andere schauten sich neugierig um, betrachteten den Dichter, wie er von seinem Manuskript ablas, betrachteten die Glasschränke mit den alten Karaffen und kostbaren Flaschen, betrachteten die anderen Gäste, die den Dichter beschauten oder die Karaffen oder das Mauerwerk. Ein paar Gäste hielten sich am Programmzettel fest, Literatur zum Fressen stand darauf, vier Gänge, vier Autoren, viel Vergnügen!

So besang nun also der erste Dichter einen ersten Gang, welcher aus frischem Ziegenkäse bestehen würde, mit Basilikum und Olivenöl. Soviel wußten die Gäste, und sie wußten, daß es Aufgabe der Dichter war, den Gästen den Mund zu wässern, und Aufgabe des Kochs, geweckte Gelüste zu stillen. Der erste Dichter schien seine Aufgabe geschickt zu lösen, und er gelangte, als in die Augen der Gäste ein hungriger Glanz kam, nach sieben unterhaltsamen Minuten zum Schluß seines Gedichts: *Der Polizist macht die Tür auf und sieht das Mädchen im schwarzen Samtkostüm. Sie sitzt am güldnen Dreifuß und melkt die Geiß, die so weiß ist wie nie zuvor.*

Klipklap, sanfte Liebe aus diesen Augen von der Farbe eines Basilikumblattes im dunklen, alten Olivenöl.

Der Polizist schließt ganz leise die Tür.

Und wie er später ein Paket bekommt, in dem ein milder Ziegenkäse liegt, da hat er ihn nicht selbst gegessen.

Da hat er ihn hergeschenkt.

Die Gäste applaudierten, der Dichter verbeugte sich. Er galt zwar noch als ziemlich junger Dichter, der allerdings schon einen Roman und einen Erzählband veröffentlicht hatte und viele Geschichten. Aber an diesem Abend las er aus einem Werk, das er für diesen Abend gedichtet hatte, das wußten die übrigen Dichter, das wußten die Gäste, das wußte vor allem der Koch, der jetzt und wie versprochen servieren ließ: den zur Dichtung passenden Ziegenkäse. Mit Basilikum und Olivenöl.

Mahlzeit! es schmeckte. Man aß, genoß und war verzückt. Nur der P., den ich nicht aus den Augen ließ, schaute auf seine Uhr, als hätt' ich ihm wertvolle Zeit geraubt. Das Olivenöl allerdings tunkte er mit einem Brotstück auf.

scherzo allegro

In der Innenstadt gibt's ein Lokal, das einen Keller hat.

Dort räumten die Kellner die Teller weg, dort gossen sie den Gästen Wein in die Gläser, dort nahm eine Dichterin jetzt den Faden auf. Heidi Pataki hieß sie und konnte stolz auf eine lange Reihe von Publikationen verweisen. Auch sie hatte für diesen Abend eine mundige Rezeptur präpariert, die Wörter mächtig mischte:

Herde zischeln / Köche flitzen
Löffel scheppern / Teller schwitzen / und dazu
diese blitzenden Tablette ... Von einem Wahnsinn
taumeln wir zum nächsten; während Ihre Gaumen mit Gutigkeiten aus der alten Wiener Küche traktiert werden: Bouillon mit Kaiserschöberln.

Aber was sind die? Woher kommen die?

Das schmeckt doch gleich doppelt gut, wenn es noch kunstvoll beschrieben wird, flüsterte, um nur ja die Dichterin nicht zu stören, ein Gast jetzt ganz leise, während die Dichterin erklärte, daß das Wort Schöberln mit dem Heu-Schober in Verbindung steht. Und während sie vom Kaiserwetter und von Kaiserbissen schwärmte und mit Worten zum Genuß verführte, während sie listig die Ingredienzien der Sprache mischte und gekonnt dem Phantastischen Realitäten beigab, wähnten sich die Gäste schon fast im Paradies. *Füttern Sie*, befahl sie zum Abschluß ihres Suppengedichts, *die tauben Ohren, auf die Sie stoßen, mit mürben Teigstückchen aus Parmesan, gerieben!*

Und baden Sie die kalte Schulter, die man Ihnen zeigen mag, in heißem Rinderkoch!

Ja – überschütten Sie die Welt mit überhitzter Suppe! Und gelb mögen Ihre Neider werden: bisquitgelb / parmesangelb / schönbrunnergelb!

Guten Appetit!

Kaum konnte man genug applaudieren, kaum konnte man einen kräftigen Schluck vom kühlen Weißwein trinken und mußte kaum sich gedulden, da betraten die Kellner, als hätten sie vor dem Torbogen gelauert, schon den Keller und servierten in Suppentassen heiß die Suppe, welche natürlich eine Bouillon mit Kaiserschöberln war.

Die Gäste schlürften, die Gäste stöhnten und waren begeistert: Wann dichten schon Dichter Gedichte an, denn auch das Gericht war ein Gedicht.

Es handelt sich offenbar um Menschen, die Kunst überhaupt nur mit vollem Magen ertragen, höhnte jetzt P., während er auf den Programmzettel seiner Nachbarin schielte, um zu erfahren, was der nächste Gang bringe. Burgunderrinderbraten erwartete man als Hauptgericht, dazu passend Serviettenknödel; und natürlich ein Gedicht. Die Kellner trugen ab, dann trug Herbert Maurer sich auf. Er wirkte blaß vor der Schank aus dunklem Holz und lang und schmal. *Weder die Burgunderkuh*, belehrte er die Gäste, *noch der Burgundersittich, auch nicht der Burgunderfisch stammen aus dem Burgund.*

Die Gäste lachten, sie waren heiter, angeheitert vielleicht, und es schien ihnen zu gefallen, daß man nicht zuerst leisten mußte, um dann zu genießen, es schien zu behagen, wie Geist und Genuß zusammenfanden.

So ist es kaum verwunderlich, kam der Dichter nach einer Zeit, die er so bemessen hatte, daß sich die Suppe hatte setzen können und man sich auf die Hauptspeise gerade richtig freute, *daß Prinz Eugen von Savoyen sein Schlachtenglück nicht nur den Burgundersittichen verdanken wollte und selbst an Burgunderfischen nicht satt werden konnte. »Mein Glück in zarter Kindheit war der kühle Schatten der Burgunderkuh«, heißt es in einer autobiographischen Notiz, »zu einem weiteren Glück gedieh die schattenwerfende Burgunderkuh, ganz zu schweigen von Ihrer Majestät, der Schattenwerferin und Bratendufterin schlechthin.«*

Burgunderlenden gehörten dann auch bis ins hohe Alter zu den Leibspeisen des Prinzen. Er trauerte stets von neuem, wenn sich die Muskeln von den Knochen lösten – savoyanische Müdigkeit pflegte er dies zu nennen, und er nannte den Braten nicht selten liebevoll den Kaiserinnenbraten, bevor er nach der Schlacht – wie immer – gerne zubiß.

Mit Burgunderrindsbraten und Serviettenknödeln kommentierte der Küchenchef das Gehörte; und ich vernahm, wie der P. ein Streitgespräch mit seiner Tischnachbarin begann. Sie war fröhlich und jung und üppig oder drall und meinte, daß sie die Sauce gern etwas leichter hätte und dafür ein fleischigeres Gedicht. Worauf der P. argumentierte, daß im Gegenteil dieses Essen den Grund, den Boden, die Erde, auch den Dreck repräsentiere und dieses Gedicht die Luft und daß die Synthese der beiden wie das Feuer in ihren Augen sei.

allegro assai

In der Innenstadt gibt's ein Lokal, das einen Keller hat.

Dort genoß man Literatur zum Fressen gern, und merkte, daß noch Platz für die Nachspeise blieb. Klaus Händl, der jüngste, der ein erstes Buch veröffentlicht hatte, machte sich spitzbübisch lachend daran, den Abend abzurunden. *Am Mittwoche führte die Ingrid ihren Osman ein, die Mutter kochte Erdbeeren ein, sie war mit dem Vater am Nachmittag ins Erdbeerland gefahren und mit reicher Ernte in den Körben und Kübeln war sie aus dem Auto gestiegen, ihr Mann fuhr in sein Geschäft. Sie rührte im Topf, als Ingrid zu ihr trat und von Osman erzählte, ihrem künftigen Mann. Er sprach kaum ... Deutsch, verstand aber das meiste. Ingrid rief seinen Namen, bald sah ihn ihre Mutter. Denn Osman trat in den Raum. Von der Haut her paßt er gut zu den Möbeln, sagte die Mutter und reichte ihm die Hand.*

Die Gästen waren beschwingt. Trotzdem taten sie dem P. den Gefallen nicht, aus der Konzentration zu fallen: gespannt verfolgten sie, wie sich Ingrids Eltern zuerst gegen Osman, den Ausländer, wehrten – *Unsere Tochter ist einem Ausländer verfallen, und ich beschwöre dich, Josef, schenke uns deinen Rat, er wird sie mit Haut und Haar verschlingen, wir müssen ihn töten, oder wir sterben alle* –, um ihn, als sich herausstellte, daß er einen unermeßlich reichen Vater hatte, dann doch zu akzeptieren: *Des Morgens kam Osman … wie gerufen, er brachte Mohren in Hemden mit und bot sie den Eltern dar. Die warmen Nächte ergriffen die Tage, mit dem Herbst nahte die Trauung. Ingrid zitterte vor Glück. Am Vorabend zog Osman seinen Jägershut und verschwand.*

Noch während die Gäste zuerst den Dichter und dann den ganzen Dichterreigen heftig beklatschten, wurde Mohr im Hemd serviert, es war, als ob der Küchenchef in seiner Küche mitgelesen hätte, während er die Butter schaumig rührte und Eidotter und Staubzucker dazugab, und dann zerlassene Schokolade, in Milch erweichte Semmeln, Nüsse und Semmelbrösel; mitgelesen und vielleicht auch ein wenig vorangelesen, während er mit Rum und Zitronenschale abschmeckte und die Masse in befettete und mit Staubzucker bestreute Formen füllte und im Wasserbad eine Stunde lang pochierte, um die warmen Törtchen dann mit heißer Schokoladensauce zu übergießen und mit kühlem Schlagobers zu verzieren, als ob er vorangelesen hätte, um genau den Moment zu erwischen, an dem der Mohr seine Schuldigkeit zu tun hat. Der P. kostete, der P. strahlte seine Tischnachbarin an.

Ich hatte gesehen, wie auch er geklatscht hatte, und ich hörte jetzt, wie er ihr erklärte, daß es immer die Philosophen gewesen seien, die den Genuß am heftigsten verteidigt hätten, weil nämlich der Philosoph einen Genuß nicht nur zu erkennen vermöge, sondern ihm zudem auch Bedeutung verleihe, die Bedeutung also, die er als Triebfeder des Geistes zweifellos verdiene. Dann tupfte er eine Schlagobersflocke auf ihren Nasenspitz.

Es war nicht ganz einfach, den P. von der Tischnachbarin loszueisen. Kurz und zusammengefaßt, meinte er dann, muß ich dem Abend eine Beweiskraft absprechen, es war zufällig nett, es waren zufällig interessante Menschen beisammen, es war zufällig das Essen gut.

Für einmal gab ich ihm recht. Es sind, gestand ich, schon weitere Abende geplant Katharina Riese und Neda Bei werden Grießnockerlsuppe und Blunz'n-Strudel besingen, die Helmhart-Brüder und Christian Ide Hintze Räucherlachs respektive den Beerenteller, Sam Schubert hat zugesagt, Elisabeth-Joe Harriet und Siwanto; und ich selber werde meinen Senf zur Lammstelze geben und zum Nougatmousse meine Sahne. Und für dich, mein lieber Pauser, hab' ich den Spargelsalat reserviert …

In der Innenstadt gibt's ein Lokal, das einen Keller hat.

Nachmitternacht war, und Leib und Geist gesättigt, als Dichter und Gäste sich die Stufen hochtrugen, und an der Schank vorbei gingen, und aus der Tür hinaus.

Zwischenspiel 3: Zwölftonmarsch

Hören Sie den schrillen Schrei der Schmetterlinge?

Herbst ist, was sogar den Stadtmenschen freut, obwohl er immer Erntezeit hat: beim Greißler ums Eck oder im Supermarkt. Trotzdem kennt der Stadtmensch die Sehnsucht nach dem, was man Natur nennen kann. Voll davon, steckten wir im März einige Samen in den sandigen Grund des Blumenkistels. Schwer gingen wir mit dem schweren Schritt des Bauern balkonauf, balkonab und strichen mit rauhen Fingerkuppen über das Grüne, das unglaublich grün grünte diesen wunderbaren Sommer lang.

Jetzt sind die zarten Stengel verholzt: schnipp, schnapp, Basilikum ab. Wie ein Mörder fühlt man sich, wenn die Pflanzen weinen, klagen, fallen.

Die Blätter hacken, Olivenöl und Salz und Pfeffer. Dieses eine winzige Glas Pesto am Ende eines langen Sommers der Geduld, mit wem wird man teilen?

Hören Sie den schrillen Schrei der Schmetterlinge, wenn sie mit brüch'gen Flügeln vom Himmel stürzen?

Nun erinnert uns das Basilikum, daß wir Ihnen vom Tafelspitz und vom Gulasch zu berichten haben, zu welch beiden pesto allerdings überhaupt nicht paßt. Zum Gulasch so viel: das beste erhalten Sie im Café Alt Wien und am besten als Abschluß eines Ballvergnügens. Tafelspitz hingegen ißt man eher nicht in den frühen Morgenstunden, fragen Sie uns nicht wieso, Tafelspitz ist sanft und schonend in einer würzigen Brühe mit Sellerie, Karotten und Kartoffeln gekochtes Fleisch vom Rind. Was in Alemannien als Südfleisch oder Siedfleisch meist von einer uralten Kuh abstammt, sind in Wien nur die allerbesten Stücke vom jungen Tier, das Schulterscherzel etwa, oder das Hüferschwanzl und der Kavalierspitz oder eben der Tafelspitz, der ganz mager und am liebsten mit heißem Knochenmark aus der Suppe kommt, dazu Schnittlauchsauce, Erdäpfelgröstel und Apfelkren.

Wenn Sie allerdings unserem Beispiel folgen und das Rindfleisch kräftig durchzogen mögen, dann empfehlen wir Beinfleisch, und zwar im Café Salzgrieß, wo sonst.

Hören Sie den schrillen Schrei der Schmetterlinge, wenn sie mit brüch'gen Flügeln vom Himmel stürzen? Riechen Sie das kalte Gift der Herbstzeitlose? Noch dauert es eine gute Weile bis zur Ballsaison, aber wir spüren, daß Sie schon ungeduldig sind. Vom Pesto also zum Presto, und von der Nahrung zur Musik. Sie möchten, daß wir Ihnen die Staatsoper zeigen und den Goldenen Saal des Musikvereins? Oder Schuberts Geburtshaus, die Schubertschule, den Schubertbrunnen, die Schubert-Wohnhäuser, das Schubert-Denkmal, das Schubert-Museum, den Schubertpark, Schuberts Sterbehaus, den Schubert-Grabstein und vielleicht in der Schubertgasse das Mozartstüberl, ein Restaurant?

Stattdessen möchten wir Sie zu einem Beethovenort bringen, den man leider nur selten erwähnt. Wir möchten Ihnen dabei eine Geschichte erzählen, die mit Beethoven am Rande zu tun hat und viel mit der Frage, ob Wien ein Spiegel sei, der widerspiegelt. Oder doch ein Faustkämpfer, der zuschlägt, noch bevor er getroffen ist.

Beim Beethovenort handelt es sich um ein Palais im Dritten Bezirk, welches Rasumofsky heißt. Der Russische Botschafter Andreas Graf, später Fürst Rasumofsky ließ es um 1806 herum erbauen mit prunkvollem Festsaal und Marmorsäulen, mit kreisrundem Kuppelsaal und mit den prächtigsten Privatgemächern. Rasumofsky war ein leidenschaftlicher Förderer der Künste und gewährte großzügig Apanagen, auch an Beethoven, der ihm die Rasumofsky-Quartette widmete. Und die IV. und V. Symphonie sollen im Musiksalon des Palais ihre Uraufführungen gefunden haben, in Fassungen für Streichquartett wahrscheinlich oder für Streichtrio und Klavier, so genau weiß man das nicht.

Am 31. Dezember 1814 gaben Rasumofsky und Kaiser Alexander I. von Rußland den Teilnehmern des Wiener Kongresses ein glänzendes Fest. Währenddes brach Feuer aus, dem große Teile des Palais zum Opfer fielen und die kostbare Gemäldesammlung des Grafen dazu. Die Wiederherstellung der Gebäude erforderte Jahre. Rasumofsky selber erholte sich nie.

Das Palais fiel 1851 an den Staat und hat seither der Geologischen Bundesanstalt gedient. Seit ein paar Jahren überlassen die Geologen den Garten einem Landschaftskünstler und seinen Studenten, die Prunksäle manchmal dem Theater und der Musik. Jetzt will man das Grundstück veräußern, um den Erlös in wissenschaftstaugliche Räume zu investieren, im Rasumofsky steht ja alles unter Denkmalschutz. Falls Sie es erwerben möchten: dem Vernehmen nach ist es günstig.

Lassen Sie uns, um die Tradition am Leben zu halten, hinansteigen in die ehemaligen Privaträume Rasumofskys, lassen Sie uns durch das geheime Fenster in den enormen Festsaal schauen und auf die goldenen Luster.

Hören Sie den schrillen Schrei der Schmetterlinge, wenn sie mit brüch'gen Flügeln vom Himmel stürzen? Riechen Sie das kalte Gift der Herbstzeitlose? Pathos, Erntedank und Jahreszeitenwechsel? Wissen Sie, wer die Zwölftonmusik entdeckte? Sie denken an Schönberg? Falsch. Der Mann hieß Hauer.

Joseph Matthias Hauer wurde, verkannt und Not leidend, mählich böse, weil ein anderer, dasselbe später entdeckend – nicht viel später, aber doch später, erwiesenermaßen später! –, ihn um allen Ruhm betrog. Wie muß ihm gewesen sein? Nicht nur Schönberg selbst, sondern noch die unbedeutendsten seiner Schüler und Epigonen wurden häufiger und mit mehr Getöse aufgeführt als der unglückselige Hauer. Wenn die Rede auf ihn kam, wurde gelacht. Aber er war's gewesen, Schönberg nicht!

Trotz aller Verletzungen gloste tief innen und sehr klein ein Funken Hoffnung weiter, um sich in fiebrigen Vollmondnächten zur Feuersbrunst zu entflammen: *Ich bin,* schrieb er in einem Manifest, ließ er in einen Stempel kerben, *der Entdecker, und (trotz vielen schlechten Nachahmungen!) leider immer noch der einzige Kenner und Könner der*

Zwölftonmusik, die nicht wie bisher »komponiert« werden kann, sondern die, als älteste Sprache und höchstes Bildungsmittel studiert, rein intuitiv erfaßt werden muß.

Je länger wir Photographien des alten Hauer betrachten – das knochige Gesicht mit dem weißen Bocksbart; die hohe, gefurchte Stirn; die schmalen Augen mit dem unnachgiebig strengen Blick der Entsagung; dieses Gesicht eines Asketen, Eremiten, Propheten –, umso mehr wird uns Hauer zum Stellvertreter des Verprügelten schlechthin.

Hauer starb am 22. September 1959. Das »Handbuch der Grabstätten berühmter Deutscher, Österreicher und Schweizer« birgt in der Rubrik »Wien, 17. Bezirk (Hernals), Friedhof Dornbach«, folgenden Eintrag: »Hauer, Josef Matthias, Komponist u. Musiktheoretiker, entwickelte unabhängig von Schönberg ein Zwölftonsystem«. Schönberg liegt auf dem Zentralfriedhof. Seinem Namen gibt das Handbuch nicht den Beisatz, daß er unabhängig von Hauer ein Zwölftonsystem entwickelt habe. Schönberg kennt auch ohne Beisatz jedes Kind.

Es gibt von Hauer nur eine einzige Schallplatte, und Verkäufer pflegen unwirsch zu reagieren, wenn sie in die Keller steigen und in den versteckten Winkeln nach Hauerschen Partituren suchen müssen; mit spitzen Fingern fördern sie allenfalls zwei dünne Bändchen mit theoretischen Überlegungen des Komponisten zu Tage. Dennoch ist Hauer in Musikkreisen sehr wohl ein Begriff, Sopranistinnen etwa fertigen während der Ausbildung am hiesigen Konservatorium stundenlang Graphiken an, die Hauers strukturanalytische Untersuchungen nachvollziehen, mit deren Hilfe er die unübersichtliche Zahl von 479.001.600 Möglichkeiten der Anordnung von zwölf Tönen in einer Reihe auf 44 charakteristische Intervalltypen reduzierte.

Dennoch lehnen professionell Musikbeschäftigte Hauer durch die Bank ab. Paul Hindemith etwa sprach vom »kritiklosen Anbeten der götzenhaften temperierten Klavierstimmung«, Adorno von der »Mystik des Perpetuum-mobile-Erfinders«. Man nannte ihn den »musikalischen Strumpfstricker von der Josefstadt« und einen »Gottesnarren«, seine Musik bezeichnete man als »Chinesenfolter«.

Unglückseligerweise war für Hauer das Melos der zwölf temperierten Töne nicht nur ein Mittel, um die Begrenzung tonaler Musik endgültig zu sprengen. Für ihn war es *Ursache des Universums, die Harmonie der Sphären, die kosmische Ordnung, die Kunst aller Künste, die Wissenschaft aller Wissenschaften, die Kultur (nicht platonische Ideen von ihr!), die Religion als Bindung mit der Ewigkeit, das Höchste, Heiligste, Geistigste, Wertvollste, Vernünftigste auf der Welt: die Wahrheit*. Diese Maßlosigkeit schaffte Distanz.

Es war Hauers Schicksal, daß er sich noch in Wiener Neustadt, wo er 1883 als Sohn eines musikalisch begabten, auf der Zither meisterhaften Beamten und einer Hausfrau zur Welt kam, als Turn- und Musiklehrer quälen mußte, während Schönberg mit seinem Verein für musikalische Privataufführungen im Wiener Musikverein schon für Tumulte sorgte. Es war sein Schicksal, daß das erste Konzert mit eigenen Werken, das am 9. Mai 1914 im Neustädter »Goldenen Hirschen« über die Bühne ging, nur vom Lokalblättchen rezensiert wurde, das schrieb: *Es handelt sich hier ohne Zweifel um einen krankhaften Mann.* Auch Schönberg war für anstaltsreif erklärt worden. Aber in Wien. Und von den Wiener Rezensenten.

Hauer ließ sich mit Schönberg in einen Krieg um die Vaterschaft der Zwölftonmusik ein, den er – in Wien fremd und ohne Gefolgschaft – verlieren mußte. *Lassen Sie mich,* schrieb Schönberg schon vor ihrer ersten Begegnung, *eventuell hören, was meine Schüler Webern und Berg Ihnen sagen, und wenn sie Ihnen raten zu mir zu kommen und Sie meinen, es nicht unterlassen zu können, dann können wir ja noch darüber reden.*

Es war schließlich Hauers Los, daß der Wiener Universalverlag, der ihn und Schönberg unter Vertrag hatte, aus wirtschaftlichen Gründen nur einen von beiden wirksam protegieren konnte und auf den setzte, der die Expansion des Individuums zum Zentrum seines Werkes machte, und nicht auf den, dessen stille Musik niemanden schreckte.

Die Nationalsozialisten verboten auch seine Musik als entartete Kunst, aber sie beließen ihn in Wien.

Hauer wurde unduldsam und dogmatisch, darin von der kleinen Zahl seiner Schüler begeistert unterstützt, die in ihm den Begründer einer Religion sehen wollten. Er wurde reduktiv und hörte, romantischen Künstleridealen abschwörend, 1949 auf, seine Werke nach Opera zu gliedern. Er nannte sie stattdessen Zwölftonspiele und verfaßte bis zu seinem Tod um die tausend Stücke. Er war kein Komponist mehr, sondern das Medium, das die »Ursprache des Universums« der medial unbegabten Menschheit zugänglich machte.

Hauer der Kauz. Hauer der Verschrobene. Hauer der Sonderling. Immerhin feierte das Fachpublikum seinen hundertsten Geburtstag im Museum der Stadt Wien mit Ausstellung, Konzert und Monographie. Seither ist es um ihn wieder totenstill geworden.

Obwohl seine Musik überaus angenehm klingt. Sie erinnert an Bach, an das »Wohltemperierte Klavier«, sie erinnert an östliche Meditationsmusik, an *minimal music*, sie ist weder expressionistisch noch virtuos oder sensationell. Das war sie weder im Opus 1 »Nomos« von 1913, ursprünglich für großes Orchester konzipiert, in seiner endgültigen Fassung für Klavier oder Harmonium zu zwei oder vier Händen gesetzt, noch im Opus 19, in dem er erstmals bewußt sein System der zwölf temperierten Halbtöne anwandte, noch in irgendeinem der späten Zwölftonspiele.

In schroffem Gegensatz zu Schönberg erklärte Hauer: *Die vollkommene Musik darf nicht zu hoch, nicht zu tief, nicht zu laut, nicht zu leise, nicht zu schnell, nicht zu langsam sein; sie muß wohltemperiert, wohlintoniert vorgetragen werden.*

Hauers empfindsames Ohr sehnte sich nach der Stille der Kirchen. Seine Musik protestiert in kurzen Phrasen gegen den symphonischen Lärm der Außenwelt, sie fließt ruhig und beharrlich dahin, als ob sie den Hörer in jene Sinnlichkeiten locken wolle, gegen die sich Schönberg und sein Gefolge so konsequent verweigerten. *Ich habe,* sagte Hauer kurz vor seinem Tod, *in meinem ganzen Leben nur ein Werk geschrieben: das Zwölftonspiel.*

Hören Sie den schrillen Schrei der Schmetterlinge, wenn sie mit brüch'gen Flügeln vom Himmel stürzen? Riechen Sie das kalte Gift der Herbstzeitlose? Pathos, Erntedank und Jahreszeitenwechsel? Todesangst, großes Sterben ohne Wiederkehr? Zu Beethoven hatte Hauer nur einen Kommentar: »dea Erdskaodiger!« sagte er. Und befand sich damit unversehens in der Nachbarschaft eines anderen Komponisten, der ein Zeitgenosse von Beethoven gewesen war und damals Ähnliches von diesem gehalten hatte wie später Hauer. Er machte Beethoven allein für eine musikalische Bizarrerie verantwortlich, *welche das Tragische mit dem Komischen, das Angenehme mit dem Widrigen, das Heroische mit der Heulerey, das Heiligste mit dem Harlequin vereint, verwechselt, nicht unterscheidet, den Menschen in Raserey versetzt statt in Liebe auflöst, zum Lachen reizt anstatt zum Gott erhebt ...*

Der Komponist, der diese Gedanken in sein Tagebuch schrieb, hieß Franz Schubert, und er ist der beste Zeuge dafür, daß es die vielbeschworene Einheit der Musik, die sich Wiener Klassik oder Neue Wiener Klassik oder Wiener Moderne oder Wiener Wieauchimmer nennen mag, schon damals nicht mehr gab. Wir wissen allerdings auch, daß der gleiche Franz Schubert Zeit seines Lebens die Überzeugung hegte, vis à vis übermächtiger Gegner im Ring zu stehen, denn Wien, die Welthauptstadt der Musik, war immer auch ein Weltzentrum der Erbarmungslosigkeit und Intrige.

Faustkämpfer oder Spiegel oder gar eine Schlangengrube? Um es mit von Hofmannsthal zu sagen: Wien ist nun mal die Stadt, die man eher lieben und hassen als verstehen und verlassen kann.

Sonata skatologica

molto allegro e con brio

Zum erstenmal sah ich S. vor der Wotrubakirche[1]. Dazu ist anzumerken, daß Wotruba in Wien die längste Zeit nichts galt, und daß sogar seine Kirche, diese trotzige Häufung großer Betonquader auf freiem Feld, daß sogar sie in den Fremdenführern fehlte: Wien pflegte seinen Barock und seinen Jugendstil und hielt sich der Moderne verschlossen.

Zu S. ist zu sagen, daß man an ihm den Künstler von weitem roch. Er trug einen schwarzen Anzug, den man wallend nennen konnte, dazu schwarze Brillen und einen schwarzen Hut, der schlappte. Und als Krawatte ein Unikat.

Weil ich eine Schwäche für Künstler habe, ging ich auf ihn zu, stellte mich vor und fragte, wer er sei. »Isch bin ein leuschtender Stern«, antwortete er mit entzückendem Akzent, der verriet, daß er irgendwann aus irgendeiner Fremde hergekommen war, freiwillig wohl, denn Künstler pflegen nicht zu fliehen, Künstler sind Suchende: der Leidenschaft, des Lebens, der Kunst.

Ich fragte, was S. hier mache.

»Isch susche *la merde*.«

Er war nach Kunstakademien in Paris und Rom mit den größten Erwartungen nach Wien gekommen. »Ein vergessener Kompost'aufen am Arsch der Welt, aus dem plötzlich die büntesten Blümen sprossen«, würde er mir später erklären, er habe mit Händen greifen können, wie es brodelte, drängte und trieb.

Die Aktionisten hatten ein vergreistes Beamtenvolk mit Kot und Blut verschreckt. Ihre Anhänger und Jünger stritten mit Jüngern und Anhängern der Phantastischen Realisten.

Aber eigentlich war das damals, als der S. in Wien einfuhr, alles schon ziemlich passé. Künstlerisch korrekt war das streng Abstrakte; und *political correctness* war auch damals wichtig, weil die Sozialisten auf dem Kunstgeld saßen. In der Galerie Nächst St. Stephan[2] stellten die Korrektesten aus.

Bei den Hawelkas[3], im Café Museum[4] und im Café Prückel[5] traf S. Ähnlichgesinnte oder immerhin Ähnlichgewandete, die alle mit der Erzeugung von Tabakschwaden beschäftigt waren und mit der Erfindung der Welt. S. erfand mit, man mochte ihn gern. Er war ein Stiller, er hörte zu. Er war aber auch einer, der nicht mit jedem eine Vereinigung gründet, schon gar nicht mit Männern. Man wußte, daß er sich lieber mit Frauen umgab.

Im übrigen genoß S. weder Beziehung noch Protektion, er wirkte auch sonst bescheiden, schwieg meistens, ließ andere brillieren. Wenn man ihn fragte, was er mit seiner Kunst bezwecke, wußte er oft nur zu bemerken, seine Bilder müsse man sehen, er könne sie nicht erklären.

Das allerdings war viel verlangt. Es gab in der Stadt Künstler genug, und wenn man ihren Ausführungen lauschte, mußte man denken, in Wien wimmle es von Genies. Natürlich versprach man nach Mitternacht auch S. die große Karriere, um am nächsten Tag Vorleistungen zu verlangen,

Geld natürlich, schließlich hatte er keinen Namen, er war ein Risiko, und Risken gab es genug. Was S. tat, dieser Expressionismus, diese breite Pinselführung, der dicke Farbauftrag, die starken Kontraste, das Schnelle und Wilde, das war doch keine Kunst?

Er fand trotzdem Freunde, er fand eine Frau und er fand in der Innenstadt ein Atelier. Irgendwann stellte er auch irgendwo aus, an bescheidenem Ort, man konnte das Ereignis nicht an die Glocke hängen. Immerhin erschien im Falter[6] eine Notiz. Die Freunde und die Bekannten gratulierten und kauften das und das. Es kam der Kritiker von Radio Wien, der in seiner wohlwollenden Besprechung den Namen von S. verhunzte. Von den übrigen Medien erschien niemand, weil am gleichen Abend Hundertwasser oder Rainer oder Hrdlicka einen Preis erhielt.

Aber man versprach, ihn mittelfristig aufzubauen. S. war es recht, und gern begab er sich ins Atelier, um bei den Bildern die gewaltige Trunkenheit des Schönen zu erleben.

Als er schon fast glaubte, für die nächste Ausstellung bereit zu sein, erhielt er von seinem Galeristen einen Brief. Man habe genug von der Kunst, jetzt, da sich die Wiener vom Ostblockmief befreiten, sei in der Mode das Geld, jedenfalls bitte man ihn zur Eröffnung der Boutique.

S. war frustriert. Aber er ging dann trotzdem hin und kaufte sich eine Krawatte, die er allerdings noch in der gleichen Nacht einem Sandler gab.

Die Zeit ging nun steten Schritts durch die Stadt. Wer im Café Sperl[7] und im Café Jelinek[8] die verschlafene Morbidität und die traurigen Kellner besang, mußte feststellen, daß sich alles veränderte. Von überall her reiste man an, weil man auch in der Ferne merkte, daß Wien ein trockener Schwamm war, der sich nach Wasser verzehrte. Allenorts entstanden frische Vergnügen und eine Kultur, Wien war den Künstlern eine gute Stadt, denn Wien ließ die Künstler leben.

Aber eben noch war man eine verschworene Gemeinschaft gewesen, schon gab es eine Handvoll, bald dutzend Kreise. Die Gesellschaft fragmentierte, und jeder Partikel hielt sich sofort für das unfaßbar Wichtigste, denn vom Arsch der Welt zu ihrem Nabel ist bekanntlich ein kurzer Weg.

Auch für S. änderte sich viel. Er war nicht mehr der fremdeste Stern. Trotzdem blieb er guten Muts. Mit den Neuen Tendenzen plante er Gruppenausstellungen in neuen Galerien. Aber man schob die Entscheidungen vor sich hin, wochen- zuerst, dann monatelang.

Bis aus dem Nichts die Wilden einbrachen und mit ihnen die Expressivität. S. triumphierte und riß die Türen auf: jetzt müssen sie kommen, die Händler, die Kritiker, die Konsumenten. Er war schon lange ein Wilder. Und er war gut.

Sie kamen nicht. Dann war es zu spät. Und dann erklärten im Oswald und Kalb[9] die Kuratoren ihren Schäfchen, wieso das Tafelbild passé sei, und daß die Sozialdemokraten das Geld in alle Zukunft zu verwahren hätten.

S. ging zuerst in den Keller lachen und dann viel spazieren. Zum Hanslteich[10] und zum Lusthaus[11]. Und zur Wotrubakirche, wo ich ihn erstmals sah.

»Isch bin ein leuschtender Stern«, sagte S.; dann sagte er: »*Merde!*«

Ich mochte ihn sofort gern. Er sammelte Kot, tierischen Kot, den er auf der Wiese neben der Kirche auslegte. Ihm gehe es, meinte er, nicht um Provokation, sondern um die Emanation der Selbstverständlichkeit. »Der Skarabäüs«, erklärte er, »war den Ägyptern ʻeilig, weil er Gebürt aus dem Exkrement verʼiess. In ʻieronymüs Boschs Jüngstem Gerischt[12] sitzt ein Mensch und scheißt Menschen. Skatologie ist nischt nür eine Wissenschaft. Es ist auch *un geste*. Eine Geste der Demüt und der Freude. Der Freude an Formen und am sakralen Augenblick. Und der Demüt im Moment der Wehrlosischkeit.«

Er ordne, erklärte er, seine Sammlung nach spezifischen Kriterien, der Größe und der Art etwa, und der Farbe und Konsistenz.

»Der Gerüsch«, sagte er, »am einfaschsten ist natürlisch die Unterscheidung zwischen *végétarien et carnivore*, diese stinken, jene rieschen warm.«

Ich bedauerte, daß sein Museum der Skatologie beim ersten Regen zerfließen werde. Er meinte nur: »*C'est comme ça, la merde!*«

Danach sah ich ihn immer wieder. Wien erwachte und wurde die beste Stadt. Das Hawelka gab es noch, und das Alt Wien[13] war der undisputierte Favorit der Lemminge, wenn sie von Abgrund zu Abgrund zogen. Dazu öffneten sich in Der Bar[14], und im Panigl[15], im Salzamt[16], in der

Blue Box[17]und im Europa[18] viele Gründe der Diskussion. S. war überall dabei und wohlgelitten und nirgends daheim.

Aber mit moderner Kunst ließ sich jetzt auch in Wien Geld verdienen, der Markt war zwar klein, aber umso eitler umkämpft von den Meistern, die Professuren an der Akademie[19] oder an der Hochschule[20] hatten; und ihren Schülern, die in Gironcolikohorten, Rainerzügen, Hundertwasserdivisionen das Ausscheidungsrennen zu den goldenen Töpfen der Kunst bestritten. Gut war, wer sich an die Hierarchien hielt. S. konnte das nicht. Aber es ging ihm trotzdem gut. Er hatte die skatologischen Arbeiten abgeschlossen und malte jetzt wieder. Stiller, leise, verspielt. Er hatte private Käufer, die ihn verehrten, und er erwartete, auch von der sogenannten Kunst endlich entdeckt zu werden.

Währenddes eilten Experten mit exzentrischen Epitaphen von der Galerie Krinzinger[21] zu Curtze[22] und von Würthle[23] zur Secession[24]. In den Fachblättern häuften sich Grabreden für das Gemälde, denen Nachrufe auf die Grabreden folgten. Inzwischen war den Sozialdemokraten das Kunstgeld ausgegangen, aber seltsamerweise wurde das Korrekte nur umso rigider.

S. stellte mit anderen im Trabant[25] und im Roten Engel[26] aus, was zwar beides gute Orte sind, aber keine renommierten Galerien. Freunde und Bekannte gratulierten und kauften das und das. Die Kritikerin eines Wochenblattes nannte S.ens Bilder in ihrer wohlwollenden Besprechung Kitsch. Von den übrigen Medien war niemand gekommen, weil am gleichen Abend Hundertwasser oder Rainer oder Hrdlicka einen Preis erhielt.

S. wurde älter, die Jugend stieß nach. Sie liebte D.J.s und Designer und war schick und vernetzt. Die Künstler nannten sich Crossoverartisten und besaßen in den Fabriken der Väter Ateliers.

S. hingegen stand ohne Atelier da, seit ihn die letzte Frau verlassen hatte. Seine Staffelei war ein Stuhl. Er beschäftigte sich in Miniaturen mit Pilzen und Liebespaaren und kleinen Engeln, die fröhlich von den Wolken kackten.

Während eines Festes in der Apostelgasse[27], wo neun Künstler neun mal Nouvismus, Neobiedermeier und Noname boten, lernte S. die große Liebe kennen.

Sie hieß Eva und war wunderschön.

Intelligent war sie, *charmante et suisse*. Sie arbeitete als Übersetzerin für eine der internationalen Organisationen. Eva und S. verliebten sich ineinander, als wär's das einzige Mal. Und weil die Nächte mild waren, turtelten sie vom Volksgarten[28] zum Stadtpark[29] und zum Flex[30].

Wenn sie im Gasometer[31] oder im Tanzcafé Jenseits[32] und im U4[33] mit der *jeunesse dorée* hippe Feste feierten, standen sie sofort im Mittelpunkt. Eva war glücklich, und S. war begeistert. Er besaß das Vollkommene, das schon seine Schöpfung wurde, seine Kunst, denn er war ja Künstler, er war ein Mann.

Sogar in der Eden[34] hörte man auf zu reden, wegen Eva natürlich, seiner Frau. Sie schenkte ihm eine Nacht im Riesenrad, er machte die Rosenverkäufer reich. Sie fand eine Wohnung mit Atelier, er verwandelte es in eine Märchenwelt.

Als er aus dem Taumel erwachte, bemerkte er, daß die gleichen Experten, die seine Malerei verspottet hatten, nun in heilloser Aufregung dem Kitsch nachrannten, denn Kitsch war jetzt in, Kitsch war da, Tralala[35].

S. wurde kalt übergangen. Er verstand das nicht. Hatte er nicht lange gewartet, war er nicht gut?

Eva trieb an. Sie verlangte, daß er sich auf den Marktplatz stelle, sie wollte, daß er hofiere. Er hätte in der Exnergasse[36] ausstellen mögen, aber den Veranstaltern war er zu unfaßbar. Also schlossen sich Eva und S. dem Vernissagenzirkus an, der jeden Donnerstag von der Kunsthalle[37] zur Grünangergasse[38] und vom Heiligenkreuzerhof[39] zur Ariadne[40] und zu Steinek[41] zog, um Brötchen von Trzesniewski[42] zu verschlingen und um zu lästern; ja, man genoß in Wien, weil Wien in allem den Genuß entdeckt.

S. genoß mit und lästerte, und die Tage rasten, die Wochen flogen, ständig war alles neu. Sogar das Korrekte mußte erkennen, daß ihm der Markt die Herrschaft entriß: das Imperium explodierte, es entstand Neu Wien[43].

S. staunte und entdeckte die Emphase und hatte trotzdem das Gefühl, daß diese Wiener Aufregungen irgendwie lächerlich seien, weil er feststellen mußte, daß Ähnliches von ebenbürtiger Qualität überall auf der Welt in Scharen entstand. Er baute Luftschlösser in der Broadway-Bar[44] und plante im Kix[45] Installationen. Die dritte Dimension beschäftigte nun alle, und auch S. lag mitten in der Zeit. Schon lud ihn eine Galerie ein, schon lud sie ihn wieder aus. Man müsse ostwärts umdisponieren zu Künstlern aus Rußland, aus Polen und vom Balkan.

S. meinte, »es reischt jetzt bald.« Eva schenkte ihm Mut. S. zeichnete mysteriöse Erotika, Bleistift auf Schuhpastengrund. Eva arbeitete im Büro. Eva und S. durchlebten viele Himmel und manche Höllen. Aber weil es der Weg der Liebe ist, wurden es irgendwann immer weniger Himmel und immer mehr Höllen. »Denn ausch das Vollkommene, Eva, 'at, weil sie ein Mensch ist, ihren bösen Kern«, sagte S. auf einer der samstagnächtlichen Sumpftouren, wo man ihm alles versprach, damit man ihn schneller vergessen konnte.

Eva und S. konnten einander nicht lassen. Dramen ereigneten sich. Katastrophen. S. war erschüttert. »Isch 'abe dosch nur ihren 'und mit versalzenem Reis gefüttert«, klagte er, »und sie geht mit eine Fonduegabel auf misch los. *Ça serai vraiment la merde*: erstoschen mit einer Fonduegabel in Wien.«

S. war schockiert. Er begann, auf den Sumpftouren zu saufen und verlor im Zustand der Volltrunkenheit den Halt. Er pißte in ein Bierglas und trank es leer. Er bezahlte den Rotwein mit seinem Blut. Man war begeistert. Ein Künstler! Ein Genie.

Als S. merkte, daß er, besoffen, die größten Aufmerksamkeiten erregte, trank er immer mehr. Unterdessen verfiel Eva einem anderen Teufel, der sie blitzschnell in unglaubliche Verschuldungen trieb. Schon standen die beiden knietief im Schlamm, und jetzt war alles gar nicht mehr witzig.

Irgendwann brannte Eva mit einem Musiker durch. Das Auto nahm sie mit, die Bilder ließ sie da. Sein Herz nahm sie mit, die Schulden nicht. Er zerriß sich im Schmerz. Dabei wurden wir Freunde. S. war bleich, ohne Bart am Kinn und hinkte. So weltfremd schauten seine Augen, daß ich ihn immer nur in die Arme schloß. Als sein Herz heilte, war er im Alter, wo es keinen Weg zurück ins Bürgertum gibt.

Was sich Kunst nannte, verlor sich in Kapriolen. Sponsoring untergrub die Moral, Moden wechselten mit den Jahreszeiten, der Effekt war das Mittel. Niemand glaubte noch irgendwas, aber der Ruf, der klebte an S. Obwohl er Maler war. Ein guter, das wußte er, er war kein schlechter Mensch. Man verlangte Aktionen. Man wollte den Clown.

Seine Persönlichkeit spaltete sich. Privat war er ein Asket, der von Reis und Algen und Wasser lebte und wie besessen malte. Öffentlich soff er, bis er ein bösartiges Monster war, S. hatte bald in der halben Innenstadt Lokalverbot und mußte in andere Bezirke ausweichen. Ins Freihaus[46] zum Beispiel, ins Roxy[47] oder ins Nachtasyl[48] und ins Stein[49], wo er überall fremd war und im Grunde zu alt.

Im Orient[50] und bei den Freunden der generellen Zweckentfremdung lernte S. den Amerikaner kennen. Dieser Amerikaner verfügte über Beziehungen, die von Kasachstan bis nach San Francisco reichten. Er war von S.ens Bildern begeistert und übernahm die internationale Vermarktung exklusiv. Der Amerikaner befand sich ständig in der Umgebung von S. und zog schließlich sogar in dessen Wohnung ein, um die Geschäfte noch effizienter betreiben zu können.

S. brillierte im Engländer[51] und deklarierte bei Bane[52], daß Kunst nicht materielle, sondern spirituelle Werte zu schaffen habe, damit die Seele von einer niederen auf eine höhere und vielleicht hohe Stufe gelange. Er malte blaue Bilder mit goldenen Symbolen, die niemand verstand. »Der Sinn des Lebens des Künstlers«, proklamierte er, »ist ein Leben als Künstler.«

Im First Floor[53], im MAK-Cafe[54] oder im Castillo[55] erklärte er den Erben väterlicher Tüchtigkeit die Kluft zwischen Theorie und Praxis in ihrer Welt, der Amerikaner feuerte ihn an, indem er von erfolgreichen Geheimverhandlungen berichtete, die er im Do & Co[56] und im Steirereck[57] oder im Korso[58] und im Vino Nobile[59] mit Interessenten aus aller Welt führe oder geführt habe oder zu führen gedenke.

S. war jetzt im Rausch. Er fraß Blumen. Er rezitierte Celan. Eines Frühmorgens kam es zum Skandal. Straßenarbeiter hatten in einem Kabelschacht einen blauen Sarg mit goldenen Tigern entdeckt. Man sperrte ab, man holte die Polizei, man forschte aus. Als man den Deckel hob, fand man den friedlich schlafenden S.

Der Amerikaner verklärte das Ereignis zur CultArt, aber zur ersten Ausstellung im m.i.k.[60] erschienen nur Freunde und Bekannte, der Amerikaner hatte die Einladungen offenbar zu spät ausgesandt, aber es wär von den Medien eh niemand gekommen, weil am gleichen Abend Hundertwasser oder Rainer oder Hrdlicka einen Preis erhielt.

Am nächsten Tag war der Amerikaner verschwunden. Er ließ ein paar dreckige Socken und eine astronomische Telephonrechnung zurück. Irgendwann begriff auch S., daß er einem Hochstapler aufgesessen war.

Dann wurde ihm die Wohnung gekündigt, dann starb ihm die Mutter. Dann ging ihm die Farbe Blau aus.

S. verkam. In der Wohnung machten sich Spinnen breit, dann Schaben, schließlich Mäuse. Er sammelte deren Exkremente und schuf damit in den Räumen, die ihm bald nicht mehr gehören würden, filigrane Stukkaturen. Es war nicht eklig, sondern irgendwie schön.

»Diese Arbeit 'eisst Menschenfreund«, erklärte er. Er war unrasiert, er trug den gleichen wallenden Anzug wie damals vor der Kirche. Den gleichen Hut, die gleiche Sonnenbrille. Er trug die gleiche dunkle Krawatte mit den gestickten Ziegenbällchen. Die schwarzen Locken hingen wirr, die großen, dunklen Augen wirkten verstört. Er wolle aus Wien wegziehen, sagte er; dann: »Isch 'asse diese Stadt.«

Ich versuchte, ihn aufzuheitern, sagte, daß er sich nicht kränken solle, weil es doch nicht mehr darum gehe, was Kunst sei, sondern nur darum, was als Kunst wahrgenommen werde, aber das half ihm auch nicht weiter.

Der Stern verlöscht, seufzte er nur. Dann schauten wir über die Dächer von Wien. Und dann mußten wir lachen.

Adressen der erwähnten Orte und Lokale:

1. Kirche zur Heiligen Dreifaltigkeit, 23., Am St. Georgenberg
2. Galerie Nächst St. Stephan, 1., Grünangergasse 1/2
3. Café Hawelka, 1., Dorotheergasse 6
4. Café Museum, 1., Friedrichstraße 6
5. Café Prückel, 1., Stubenring 24
6. Falter, Stadtzeitung Wien, mit Programm, erscheint Mittwoch
7. Café Sperl, 6., Gumpendorfer Straße 11
8. Café Jelinek, 6., Otto-Bauer-Gasse 5
9. Oswald und Kalb, 1., Bäckerstraße 14
10. Am Hanslteich, 17., Salzburger Wiese/Neuwaldegg
11. Lusthaus, 2., Freudenau 254/Prater Hauptallee
12. Gemäldegalerie der Akademie der bildenden Künste, 1., Schillerplatz 3
13. Alt Wien, 1., Bäckerstraße 9
14. Die Bar, einstmals 1., Sonnenfelsgasse 9
15. Enrico Panigl, 1., Schönlaterngasse 11
16. Salzamt, 1., Ruprechtsplatz 1
17. Blue Box, 7., Richtergasse 8
18. Europa, 7., Zollergasse 8
19. Akademie der bildenden Künste, 1., Schillerplatz 3
20. Hochschule für angewandte Kunst in Wien, 1., Oskar-Kokoschka-Platz 2
21. Galerie Krinzinger, 1., Seilerstätte 16
22. Galerie Curtze, 1., Seilerstätte 15
23. Galerie Würthle, einstmals 1., Weihburggasse 9
24. Secession, 1., Friedrichstraße 12
25. Trabant, 4., Schleifmühlgasse 13
26. Roter Engel, nunmehr Neuer Engel, 1., Rabensteig 5
27. Ateliers Apostelhof, 3., Apostelgasse 25–27
28. Volksgartenpavillon, 1., Burgring 1
29. Kursalon im Stadtpark, 1., Johannesgasse 33
30. Flex, 1., Donaukanal, Augartenbrücke
31. Gasometer, 11., Eyzinggasse 1
32. Tanzcafé Jenseits, 7., Nelkengasse 3
33. U4, 12., U4-Parkshop Meidling, Schönbrunner Straße 222
34. Eden, 1., Liliengasse 2

35. Tralala, 7., Neubaugasse 2
36. Kunsthalle Exnergasse, 9., WUK, Währinger Straße 59
37. Kunsthalle Wien, 4., Treitlstraße 2
38. 1., Grünangergasse
39. Hochschule für angewandte Kunst im Heiligenkreuzerhof, 1., Schönlaterngasse 5
40. Galerie Ariadne, 1., Bäckerstraße 4
41. Galerie Steinek, 1., Himmelpfortgasse 22
42. Trzesniewski, 1., Dorotheergasse 1
43. Neu Wien, 1., Bäckerstraße 5
44. Broadway-Bar, 1., Bauernmarkt 21
45. Kix-Bar, 1., Bäckerstraße 4
46. Freihaus, 4., Schleifmühlgasse 23/Margarethenstraße 11
47. Roxy, 4., Operngasse 24
48. Nachtasyl, 6., Stumpergasse 53
49. Café Stein, 9., Währinger Straße 6
50. Hotel Orient, 1., Tiefer Graben 30–32
51. Café Engländer, 1., Postgasse 2
52. Bane's Café, 1., Köllnerhofgasse 3
53. First-Floor, 1., Seitenstettengasse 5
54. MAK-Café, 1., Stubenring 3–5
55. Castillo Bar, 1., Biberstraße 8
56. Do & Co, 1., Stephansplatz, Haas-Haus, 7. Stock
57. Steirereck, 3., Rasumofskygasse 2
58. Korso, 1., Mahlerstraße 2
59. Vino Nobile, 1., Bäckerstraße 10
60. m.i.k. (museum im kasten), 1., Bäckerstraße 4

Zwischenspiel 4: Kaffeehausblues

Wir haben den Maler S. erst kürzlich und auch in einem Kaffeehaus getroffen, es geht ihm, den ständig wechselnden und dennoch eigentlich immer gleichen Umständen entsprechend, gut, er habe sich in letzter Zeit intensiv mit der islamischen Kultur befaßt, als nächstes wolle er in der Nähe von Gizeh drei Pyramiden bauen aus Kamel-, Esel- und Menschendung. Wir haben uns erlaubt, ihm von Ihnen zu erzählen. Er meint, wir redeten mit einer Zärtlichkeit! und als ob die Dinge endlich zu einander paßten.

Mag sein, was will, Tatsache ist, daß in den Wiener Kaffeehäusern, von denen es allein im Ersten Bezirk über hundert gibt, schon manche Liebe ihr zartes Beginnen nahm. Tatsache ist auch, daß zwar das Prückel, das Sperl, das Korb und wie sie alle heißen, nicht oft genug genannt werden können, daß wir mit Ihnen aber vom Stephansplatz über den Graben bis zum Schottenstift und um die Freyung herum zum Café Central spazieren, um einzukehren.

Wie alle Wiener Kaffeehäuser liegt auch das Café Central zu ebener Erde und ist doch ein Höhepunkt. Es eröffnete 1876 in pseudogotischen Räumlichkeiten und wurde um die Jahrhundertwende zum Treffpunkt der Literaten, Karl Kraus verkehrte hier, Peter Altenberg und Alfred Polgar und Egon Friedell. Aber auch Leo Trotzki frequentierte den Ort, wo man – 1913 etwa – unter

150 Zeitungen und Zeitschriften in verschiedenen Sprachen wählen konnte.

Aber dann mußte der Betrieb eingestellt werden, und erst viel später wurde, was jahrzehntelang als Lagerraum gedient hatte, von einer Bank aufgekauft, die das Kaffeehaus rekonstruieren ließ. Heute wird es von einer Hotelkette geführt, echte Wiener halten es denn auch nicht für ein Wahrzeichen der Kaffeehauskultur, sondern des Fremdenverkehrs. Es sei zwar verführerisch, aber es habe keinen Charakter, heißt es, es fehle ihm an der sprichwörtlichen Gemütlichkeit, es fehle eine Persönlichkeit als Ober und es fehle der Charme, es könne, in einem Satz, niemals erweitertes Wohnzimmer sein.

Wir haben Sie trotzdem hierher gebracht. Weil das Café Central eines der hübschesten Beispiele dafür ist, daß Wien nicht nur eine Vergangenheit, sondern auch eine Zukunft hat. Die Altenberg-Puppe sitzt auf ihrem gewohnten Stuhl, um einen Tisch drängen einige Herren in grauen Anzügen, neben der Mehlspeisenvitrine tuschelt ein Liebespaar, und ein Kellner nimmt die Bestellung auf: einen Cognac vielleicht, oder möchten Sie etwas essen, das Angebot eines richtigen Kaffeehauses beschränkt sich nicht auf Kuchen und Kaffee, es gibt Weine, Wiener Schnitzel und anderes Wohlbehagen.

Wir haben Sie hierhergebracht an diesen Fensterplatz mit dem Blick auf die Herrengasse, weil uns genau hier vor nicht allzulanger Zeit ein Wahnsinniger überfiel, der das Ende beschwor und meinte, das Verhängnis habe einen Namen, welcher St. Pölten sei. Ich weiß nicht, ob Ihnen St.

Pölten ein Begriff ist: Dieser ungefähr eine Stunde westlich von Wien gelegene Flecken gilt erstens den Wienern als Apotheose des Provinziellen schlechthin und ist zweitens seit rund zehn Jahren die Hauptstadt des Bundeslandes Niederösterreich, das bis anhin von eben dieser Herrengasse hier vor dem Fenster aus regiert worden war. Der Verrückte behauptete allen Ernstes, es gäbe einen historischen Zusammenhang zwischen dem Beginn großer Katastrophen und den Versuchen St. Pöltens, aus dem Schatten Wiens zu treten – er nannte die Gegenreformation und die Napoleonischen Kriege, er nannte den Nachmärz und die Weltkriege Eins und Zwei –, und weil St. Pölten diesen Aufbruch im Moment besonders energisch betreibe, werde die Katastrophe besonders gewaltig sein: Sintflut und Weltenbrand also, Armageddon und Tod.

Es stellte sich schließlich heraus, daß er uns mit einem Politiker verwechselt hatte, von dem er dringliche Anfragen und Postulate verlangte, und erst als wir ihm unseren Paß gezeigt hatten, ließ er von uns ab. Sie sehen also, daß auch das Café Central inzwischen und allen Vorurteilen zum Trotz über eine Klientel verfügt, die man als kaffeehauskulturtypisch bezeichnen kann. Wir haben Sie aber auch aus einem anderen Grund hierhergebracht: um Ihnen eine Geschichte zu erzählen, die sich in einem anderen Kaffeehaus und in einem anderen Bezirk ereignete und wo sich nur ganz selten Fremde hinverirren. Es gibt nämlich noch die Orte, wo man stundenlang vor dem gleichen Kleinen Mocca sitzt mit drei Gläsern Wasser, mit zerfledderten Zeitschriften, mit einem Schachbrett vielleicht und natürlich mit filterlosen Zigaretten, und wenn wir seinen Namen hier nicht nennen, dann nur, um es nicht vorzeitig aus seinem Dornröschenschlaf zu schrecken.

Wir waren eine Weile lang recht gerne dort.

Und auch der Kahle saß jeden Tag zur gleichen Zeit am gleichen Tisch. Immer trank er zuerst eine Melange, dann zwei Glas Wasser und schließlich einen Kleinen Braunen. Er blätterte durch die Tageszeitungen, immer mit der billigsten, dem »Täglich Alles« beginnend, um über »Krone«, »Kurier« und »Standard« endlich zur »Presse« zu gelangen, mit der er sich am ausführlichsten beschäftigte. Man konnte nicht sicher sein, ob er die Zeitungen auch wirklich las, weil er die Seiten mit einer Regelmäßigkeit wendete, die normalem Leseverhalten nicht entsprach. Vielleicht saß er einfach nur da, trank, blätterte und beobachtete die anderen Stammgäste und deren Rituale: den Dicken mit dem Jägerhut, der jeden Tag im »Spiegel« las; den Alten mit der schwarzen Hornbrille, der in der »Frankfurter Allgemeinen« Wörter und Sätze mit blauem Kugelschreiber unterstrich; den Invaliden, der ständig durchs Kaffeehaus humpelte und jeden fragte, ob diese oder jene Zeitung frei sei, um sie zurück zum Stapel zu tragen und diesen neu zu ordnen; oder die Frau im Wollmantel, die mit der Lupe Kreuzworträtsel las und immer drei Stück Topfentorte aß.

Die Stammgäste plauderten ab und zu miteinander. Sie tauschten Neuigkeiten aus und konnten sich ereifern, wenn ihnen ein Ereignis von besonderer Bedeutung erschien. Weil sie die Mitte des Lebens schon überschritten hatten, gab es allerdings wenig, das groß genug gewesen wäre, in der Trübnis dieses Kaffeehauses wirkliche Wellen zu schlagen. Also beließen die Stammgäste es meistens bei den ortsüblichen Höflichkeitsfloskeln. Nur der Kahle nahm weder an den Diskussionen noch an der Höflichkeit teil. Er saß stumm an seinem Platz, er blätterte, er trank, er schwieg.

Niemand wußte, woher er gekommen war. Er war einfach eines Tages durch die Tür getreten und hatte sich an einen freien Tisch gesetzt. Er hatte niemanden gegrüßt, er hatte nicht gesprochen und niemanden angeschaut, sondern nur eine Melange bestellt und begonnen, durch Zeitungen zu blättern.

Seither saß er jeden Tag am gleichen Tisch. Er grüßte nicht, wechselte nie mit irgend jemandem ein Wort. Er saß nur einfach da, trank, blätterte, schwieg. Manchmal lachte er, aber es war unmöglich, einen Grund für sein Lachen zu erkennen, es drang aus irgendeinem verborgenen Bereich an die Oberfläche des Gesichtes, um dort einige Augenblicke zu verweilen, bis es erlosch.

Der Invalide hatte, wie es seine Gewohnheit war, auch den Kahlen gefragt, ob die abgelesenen Zeitungen frei seien und ob er sie auf den Stapel zurücktragen dürfe, aber der Kahle hatte ihn so bitterbös angeschaut, daß der Invalide seither um den Tisch einen Bogen machte.

Natürlich hatte der Ober einmal versucht, mit dem Kahlen in ein Gespräch zu kommen, aber der hatte ihn so leer gemustert, daß der Ober zu dem Schluß kam, der Kahle verstehe ihn nicht. Den anderen Stammgästen erklärte er dann, der

Kahle sei entweder Ausländer oder taub, was ja im Grunde das gleiche sei.

Jedenfalls ließ man ihn seither in Ruhe im Kaffeehausblues.

Ab und zu verirrten sich Touristen ins Kaffeehaus. Sie stießen spitze Schreie der Begeisterung aus, wenn sie die verstaubte Eleganz des Raumes bemerkten, in dem sich offenbar seit Generationen nichts verändert hatte. Die Touristen waren alle ganz versessen, ihren Kaffee auf Wienerisch zu bestellen, kannten sich aber nicht aus und verlangten zur Melange Schlagsahne oder zum Großen Schwarzen heiße Milch.

Die Stammgäste schmunzelten, warfen sich Blicke zu und ließen die Touristen gewähren. Den Kahlen schienen sie zu irritieren. Er belauerte sie und machte sich offenbar gehässige Gedanken, jedenfalls verfinsterte sich sein Gesicht, wo es sonst still war, und er blätterte schneller und ungeduldig durchs Zeitungspapier.

So gingen Frühlinge durch die Stadt, Sommer, Herbste und Winter. Eines Tages kam der Dicke mit einer Frau, die ihren Lodenmantel nicht ablegte. Er redete ununterbrochen auf sie ein. Sie sagte mit unangenehm lauter, hoher Stimme immer nur »Ja, ja, ja«, sonst nichts. Das wiederholte sich einige Wochen lang, aber dann kam der Dicke wieder allein und las wieder den »Spiegel«.

Später brachte die Frau im Wollmantel einen Hund ins Kaffeehaus und las ihm aus den Zeitschriften vor. Der Hund war groß und häßlich und dreckig und schien sich vor allem für Nachrichten aus dem englischen Königshaus zu interessieren. Und für den Invaliden. Er legte sich ihm in den Weg, knurrte ihn an und schaute wild. Der Invalide fürchtete sich vor dem Hund, und es wäre vielleicht zu einem Streit gekommen, wenn der Ober nicht den Hund mit Essensresten zu füttern begonnen hätte und solange weitergefüttert hätte, bis der Hund nur noch dick und träg in einer Ecke lag.

Diese Aufregungen waren aber nur geringe Störungen im ruhigen Fluß des Lebens, sie besetzten Tage oder Wochen und waren wenig im Vergleich zu den Jahren, die durch das Kaffeehaus gingen.

Schließlich kündigte der Ober an, er werde bald in Pension gehen und sich durch eine neue, eine junge Kraft ersetzen lassen. Die junge Kraft sei in einem berühmten Kaffeehaus im Ersten Bezirk ausgebildet worden und mit den besten Referenzen ausgestattet. Man dürfe unbesorgt in die Zukunft blicken.

Trotzdem fragte man sich natürlich, wie die junge Kraft die schwierigen Ansprüche der Stammgäste bewältigen werde, man fürchtete, daß sie, die junge Kraft, ihnen, den schwierigen Ansprüchen, nicht gewachsen sei und daß sie, die junge Kraft, sich tölpelhaft aufführen werde, aber man beschloß, ihr eine Chance zu geben.

An seinem letzten Arbeitstag verabschiedeten die Stammgäste den alten Ober mit einer kleinen Feier. Man gab ihm gute Ratschläge und einige Geschenke mit, man drückte die Hoffnung aus, daß er als Gast die Runde beehren werde. Der Kahle nahm weder an der Feier noch am Gespräch teil und hatte für den alten Ober auch kein Geschenk. Er saß an seinem Tisch, er trank, blätterte, schmunzelte ab und zu und war in Gedanken weit weg.

Die junge Kraft war ein baumlanger Kerl mit wildem Schnauzer, dessen Arme viel zu lange schienen und bei jeder Drehung des Körpers wie Windmühlenflügel durch die Gegend schlugen. Aber er machte keine Fehler, den Stammgästen schwand das Mißtrauen schnell, man nickte sich zu und gab sich schon wieder dem Gewohnten hin.

Nur der Kahle stand, als ihn die neue Kraft fragte, ob er vielleicht noch einen Wunsch habe, auf, warf einen großen Geldschein auf den Tisch und verließ grußlos das Café.

Er kam nie mehr zurück.

Die Stammgäste redeten noch einige Tage über ihn, über sein seltsames Verhalten und darüber, was wohl aus ihm geworden sei. Sie nahmen an, der Kahle sei an der Unbeständigkeit der Welt zerbrochen, die ja ihre Opfer am liebsten dort sucht, wo niemand genau hinschauen will. Aber dann haben sie ihn vergessen im Kaffeehausblues.

Die Schicksalssonate

grave – allegro di molto e con brio

Wenn man an Triebe denkt, mag man Gefühle meinen, die zart sind wie Blütenstaub auf Blumenwiesen; man meint vielleicht eruptive Emotionen, man meint den einen, großen, echten Grund. Wenn man an Triebe denkt, mag man an die wahre Liebe denken. Oder an Liebe als Ware, die es in jeder Großstadt im Überfluß gibt. Mein Kleiner Schlauer* listet dazu Stichworte wie Revue, Nachtclub und Varieté auf; er kennt Etablissement und Straßenstrich und nennt Hausbesuch, Escortservice und Kabinensex. Er erzählt, daß die Prostitution schon im Römerlager Vindobona gute Geschäfte machte, und er beschreibt, wie die Behörden zwischen *prostibulae,* den Straßenmädchen, und den Freudenmädchen der Freudenhäuser unterschieden, und daß beide einen Kontrollschein brauchten, die *licentia stupri,* die mit dem Verschwinden der Römer auch verschwand und erst im 19. Jahrhundert wieder aufgegriffen wurde, vom k. k. Polizeiwundarzt Dr. Nusser, und daß diese *licentia* seither *Deckel* heißt.

Mein Kleiner Schlauer erwähnt, daß zwischen der Römerzeit und dem Ende des 14. Jahrhunderts, in dem urkundlich erstmals wieder ein Freudenhaus erwähnt wird, gewaltige Wissens-

* Sex in Wien, Falter Verlag, in der Reihe: Die kleinen Schlauen.

lücken klaffen, daß man aber im Jahr 1191, da Leopold V. Richard Löwenherz in Wien-Erdberg gefangen nahm, den Begriff Hurensohn als Ehrenbeleidigung wertete und mit Geldstrafen belegte, woraus man schließen dürfe, daß es auch die dazu gehörenden Mütter gab.

Man dürfe annehmen, daß Wien ein heiteres, vom Wein und von der Liebe zu käuflichen Frauen verschöntes Leben geführt habe, die Hübschlerinnen seien erst im 16. Jahrhundert in behördliche Bedrängnis gekommen, als die Lues und unter Ferdinand I. Eifer, Strenge und Prüderie zu grassieren begannen.

Bis heute gilt das vom prüden Kaiser erlassene Verbot von Freudenhäusern, und es ist auch ohne Kleinen Schlauen offenbar, daß sein nachhaltigster Effekt in der Verdrängung der Nutten in die Geheimprostitution besteht, dem Gewerbe selber kam und kommt man nicht bei, im Gegenteil, ein Stadtprospekt aus dem 17. Jahrhundert gibt praktisch den ganzen heutigen Ersten Bezirk als Lustmeile aus, im ausgehenden 18. Jahrhundert waren am Graben die Grabennymphen berühmt und am Spittelberg die Bierhäuslmenscher und heute sind knapp siebenhundert weibliche und zwölf männliche Prostituierte behördlich registriert, die erfahrenste Dame gibt ihr Alter mit zweiundsechzig Jahren an. Diesen Besitzern eines Deckels stehen nach übereinstimmenden Schätzungen rund viertausend Personen gegenüber, die illegal im gleichen Gewerbe werken. Die einschlägigen Adressen verteilen sich über die ganze Stadt, es mag Konzentrationen geben, des Straßenstrichs zum Beispiel, im Messegelände des Praters und am

Gürtel, wo im Wiener Idiom die Gürtelrosen blühen, aber einen eigentlichen Rotlichtbezirk gibt es nicht.

Ich erzähle Ihnen das, weil mir während meiner Reisen durch die Schattentäler des Lebens ein Schicksal begegnet ist, das ich für titanisch halte, und es war ausgerechnet das Schicksal einer Frau, deren Leib man verkaufte.

Mein Kleiner Schlauer ist viel zu klein, als daß er Maria erwähnen könnte, aber auch ein viel umfangreicherer Katalog hätte ihr den Raum nicht geboten, den sie brauchte. Maria war nämlich ein Koloß. Maria Mastschwein oder Maria Unschlacht glich einer Fleischwalze, sie war ein Fettberg, der den in der gleichen Stadt lebenden Phettberg allemal überwog. Vielleicht kennen Sie Phettberg, er ist ein Mann und wurde ein Star. Maria ist eine Frau, und dies ist Marias Geschichte, und sie ist wahr.

Maria muß, als ich sie kennenlernte, ungefähr fünfunddreißig gewesen sein, aber sie war dermaßen unförmig, daß das niemand genau sagen konnte. Damals arbeitete sie auf der Hauptpost, nicht am Schalter allerdings, das hätten ihre Vorgesetzten unter keinen Umständen zugelassen, sondern irgendwo in der Versenkung, beim Sortieren der Pakete vielleicht oder bei einer der anderen Tätigkeiten, die dort anfallen mögen und von denen man gar nichts weiß.

Maria die Fetthenne oder Maria Doppeltonne litt seit Mariengedenken an ihrem Vielzuviel und hatte im Laufe zweier Jahrzehnte alle, aber auch wirklich alle Diäten und Schlankheitskuren durchprobiert und sie hatte sich allen, aber auch wirklich allen Therapien und Analysen unterworfen, weil ihr bewußt war, daß sie in einer Welt lebte, die sich sehr klare Vorstellungen von der korrekten Form des Körpers und insbesondere des weiblichen Körpers macht und die Abweichungen, sobald sie ein gewisses Maß überschreiten, kaum erträgt. Maria Mehlsack oder Maria Schlachtvieh hätte freiwillig ihr ganzes Vermögen der Topographie dieses schlimmen Leibs geopfert, aber die Behörden akzeptierten ganz selbstverständlich als besonders krankhaft und jenseits jeder gesunden Norm, was sich da auf mürben Gelenken durch die Straßen schleppte, und übernahmen gern die ganzen Kosten. Vergeblich. Jede Anstrengung blieb ergebnislos oder brachte doch nur das eine Ergebnis, daß Maria am Ende der Anstrengung wieder einige Kilos gewonnen hatte. Damals, als ich sie kennenlernte, war ihr Körper schon so unglaublich aufgedunsen, daß es allen grauste. Es schien, als ob es auf der ganzen Welt niemanden geben könne, der Maria liebhaben möchte; und sie selber, sie haßte sich am meisten.

adagio cantabile

In Wien weiß man, daß diese unglückseligen Existenzen oft genug in den Fluten der schönen blauen Donau enden, welche Donau sie allerdings schon beim Friedhof der Namenlosen wieder freizugeben pflegt, was zu einem Begräbnis letzter Klasse und zu einer kleinen Notiz in der Polizeichronik führt und, so das Glück der Leiche lacht, mit einer Schwarzweißphotographie im

Kriminalmuseum einen unrühmlichen Abschluß findet. Man kennt diese Geschichten, es sind die Geschichten, aus denen man die hübschesten Sozialdramen webt.

Marias Geschichte allerdings geht anders. Marias Geschichte geht so, wie ich es mir nicht hätte ausdenken können, und sie geht so, wie ich sie nicht erzählen möchte, hätte ich nicht einiges davon selber gesehen. Nicht ins Wasser stürzte sich Maria, sondern in die Fänge von X., der auch in Wien lebte und den ich ebenfalls kannte.

Dieser X. genoß in der Stadt den übelsten Ruf. Er war damals vierzig, ein Spitzbub und Zuhälter, ein Mensch ohne Charakter, ein schmieriger Gauner ohne Herz und Gefühl. Vor allem war X. ein bekannter Sadist, der den Freunden bizarrer Körperkulte Räume, Gerätschaft und Menschenmaterial verlieh. Zu X. ging, wer die Sitten verhöhnte, zu X. kam, was lasterhaft war.

Ich weiß nicht, wie sich die Maria den X. erfunden hat. Ich hab' den allerersten Moment ihrer Wandlung im Nebel der Geschichte verloren und kenne diese Wahrheit nicht. Mir hat Maria erzählt, sie sei über eine Anzeige im Österreichischen Kontakt Magazin auf X. gestoßen, wohingegen X. behauptet, sie in der Aida am Stephansplatz aufgerissen zu haben. Genausowenig weiß ich, was sich in ihr abgespielt hat, bevor sie den nächsten und für ihr Schicksal entscheidenden Schritt unternahm. Ich kann mir nur vorstellen, wie sie an der schönen, blauen Donau saß und wie rasend das verfettete Herz dabei schlug. Aber ich war dabei, als sie zum erstenmal in X.' Keller trat. Ich war dabei, als sie sich vor ihm auf die

Knie warf. Ich hörte und sah, wie sie flehte: »Gebieter, Meister, Herr!«

X. lachte: »Du Wurm, du Dreck, du Null.« Ihm war das Häßliche so vollkommen gleichgültig, daß er keinen Ekel kannte. Und er wußte, wie man Abscheu mit Gier paart, um daraus ein Geschäft zu machen. Schon nahm Marias Wandlung ihren Lauf, und noch am gleichen Abend unterzeichnete sie einen Vertrag. Mein Herr, stand darin, kann mir antun und mit mir machen, was er will. Mein Herr oder jemand, stand darin, den er zu seinem Vergnügen auswählt, ist berechtigt, mich öffentlich oder privat zu quälen oder irgendeinen Teil meines Körpers in absolut jeder Weise und mit absolut jedem Instrument zu züchtigen. Mein Herr oder irgendeine männliche oder weibliche Person, die er zu seinem Vergnügen dazu einlädt, ist berechtigt, stand darin, meinen Körper privat oder öffentlich zu absolut jedem sexuellen Zweck zu benutzen, denn ich gelobe meinem Herrn unverzüglichen, widerspruchslosen Gehorsam und ich bestätige, daß mein Herr immer das Recht hat, mich auf absolut jede Weise zu bestrafen. Maria verlangte, daß X. sie als seinen Besitz betrachte, als Sache, als rechtloses Objekt, und sie nicht freigebe, bevor er ihr nicht mindestens hundert Kilogramm Fett aus dem Leib geprügelt habe. Ich übernehme, stand im Vertrag, jede Verantwortung, die sich aus der Behandlung meines Körpers ergibt, und ich unterzeichne dieses Gelübde mit meinem Blut.

So wurde Maria die Sklavin von X. Tags arbeitete sie weiterhin im Bauch der Post. Aber sobald ihre Freizeit begann, eilte sie zu X., der sie nackt in eine Zelle sperrte, zu der nur er den Schlüssel besaß. Wenn er wollte, holte er sie heraus. Gegen Geld bot er sie feil, damit man sie mißhandeln und mißbrauchen könne.

Mein Kleiner Schlauer beschäftigt sich mit dem Begriff der Körperstrafe nicht, und wenn er es täte, dächte er bestimmt an mittelalterliche oder orientalische Riten der Begleichung einer Schuld. Maria war in jedem zivil- und strafrechtlichen Sinne gänzlich ohne Schuld, und dennoch waren die Bestrafungen von der fürchterlichsten Art.

rondo – allegro

Der X. peitschte sie aus, er hängte sie auf, er ließ sie nackt auf Knien rutschen. Er befahl ihr, den Gästen die Straßenschuhe zu lecken, er stach Nadeln in ihr Fleisch und bewarf sie mit Dreck. Am Anfang nahm Maria wie bei allen vergangenen Anstrengungen einige Pfunde zu. Jeder andere hätte sie rasch entlassen. Nicht der X. X. wurde seinem Ruf gerecht. Er stellte sie aus und bloß. Erbarmungslos riß X. diesen scheußlichen Körper aus der Versenkung ans Licht. Maria ließ alles über sich ergehen, aber die allerschlimmste Demütigung muß gewesen sein, daß sich sogar die Hartgesottensten vor ihren bleichen Massen ekelten.

Als ich sie einmal fragte, wie sie das aushalte, meinte sie: *wenn sich nur mein Umfang auf ein normales Maß verringert, daß ich einem Menschenwesen gleiche.* Sie durchlebte die gleichen Höllen wie jener Josef F., dem in anderen Kreisen gleiches widerfuhr. Aber während dieser kaum Pfunde verlor und stattdessen als Hermes Phettberg aus dem Orkus zur Berühmtheit kam, blieb Maria im Schatten flackernder Kellerlichter und wurde allmählich schlank. Zentner um Zentner fielen endlich von ihr ab. Das Streben nach dem Guten, erklärte sie, hat soviel Böses in die Welt gebracht, daß es dich nicht erstaunen sollte, wenn etwas, das uns Böse dünkt, schließlich Gutes gebiert. Schließlich hing die Haut, die das Fett gehalten hatte, an ihr wie ein leerer Sack. X. schickte Maria zum Schönheitschirurgen, ihr Körper wurde frisch verpackt.

Wenn man an Triebe denkt, mag man Gefühle meinen, die zart sind wie Blütenstaub auf den Blumenwiesen; man meint vielleicht eruptive Emotionen, man meint den einen, großen, echten Grund. Wenn man an Triebe denkt, mag man an die wahre Liebe denken. Oder an die Liebe als Ware. Maria hat am Schluß beinahe zwei Jahre lang dem X. gedient, um ins System tolerierter Körperbautypen zu passen, welche man – nach Kretschmer – in den leptosomen, den athletischen, den pyknischen und den dysplastischen unterscheidet. Maria paßt nun gut. Sie arbeitet immer noch auf der Post, aber jetzt steht sie am Schalter und unterscheidet sich nicht von anderen, die auch am Schalter stehen. Ich hab einen Freund, sagt sie, der hat mich lieb. Zum X. geht sie hie und da, um nicht zu vergessen.

Zwischenspiel 5: Wiener Walzer

Schrum-bum-bum, schrum-bum-.

Der Walzer linksherum ist eine Kunst, die man zum Beispiel bei Elmayer lernt, während man den Frack bei Lambert Hofer leiht, wenn man nicht gleich einen kaufen will, denn vom Blinden- zum Opernball, und vom Techniker Circle zum Theresianistenpicknick gibt es Bälle für jeden Geschmack. Ich könnt' Ihnen den Ball der Bestattungsunternehmer vorschlagen, im Elften Bezirk, Sie fänden's wahrscheinlich makaber und würden lachen. Im Ernst: es muß der Philharmonikerball sein, bis wohin es noch dauert, aber er ist der Feinste und ein Ausbund an Eleganz.

Nun hat Eleganz natürlich etwas mit Erfahrung und Bildung zu tun, deren Grundfeste wiederum das Wissen ist, auch wenn wir immer wieder feststellen müssen, daß jede Vergrößerung des Wissens nur deutlich macht, wie gewaltig das wird, was man noch immer nicht weiß. Das Wissen teilt man am liebsten mit einem Menschen, von dem man auch alles wissen möcht'. Wir haben Sie deshalb nach Schönbrunn gebeten und hinauf zur Gloriette. Hier oben auf der Anhöhe des Schönbrunner Berges hätte nach dem ersten Projekt von Johann Bernhard Fischer von Erlach das Hauptgebäude des Schönbrunner Schlosses entstehen sollen. Man hat es dann doch auf die Talsohle hinabgestellt, und Sie haben stattdessen die Steinbögen, die wir damals vom Bellevue aus als Winzigkeiten sahen, mächtig in Ihrem Rücken. Vor uns abfallend der Hain mit den Teichen und Brunnen und am Wienfluß das gelbe Schloß. In seiner Längsabmessung übertrifft es das Neugebäude um den einen oder halben Meter, den Maria Theresia brauchte, sie hätte es nicht ertragen, wenn ihr Heim nicht das Größte gewesen wär.

Schnee liegt. Die Luft ist kalt und so klar, daß wir leicht den Platz erkennen, wo wir saßen, als wir uns damals trafen. Die Wiese Freuds. Ihm wäre bestimmt nicht entgangen, was sich uns nur langsam entdeckt, und er hätte schon bald bemerkt, wie sehr sich unser Denken mit Ihnen beschäftigt, und wie wichtig Sie uns schon sind. Es ist wohl diese gewisse Intimität, wie sie in Geschichten zu liegen pflegt, und so hoffen wir denn, uns vollends unentbehrlich zu machen, indem wir Geheimnisse verraten und das geheime Wissen der Stadt, das den Besucher vom Bewohner trennt.

Übrigens haben wir davon geträumt, Ihnen diese Stadt im ganzen zu Füßen zu legen. Nun meint bekanntlich Freud, der Traum sei eine Wunscherfüllung, weshalb wir wissen, was dieser Traum bedeutet. Aber es sind auch in diesem Fall die Bereiche des Nichtwissens, die den Lauf der Geschichte bestimmen, denn wir wissen natürlich schrum-bum-bum, schrum-bum- nicht, was Sie davon halten.

Dennoch ist Wissen die Grundfeste aller Bildung; und Bildung, weiß man, hebt den Menschen übers Vieh. Der Kutscher saß denn auch deutlich über den Kruppen der zwei Gäule, die den Wagen zogen, in dem wir gemütlich saßen. Die schwarze Melone und die lange Peitsche verliehen dem Kutscher Würde und Überlegenheit. Er hielt die Zügel straff und wies mit großen Gesten auf Sehenswürdigkeiten hin: Dieses Denkmal erinnert, belehrte er auf dem Hohen Markt und nach zweihundert Meter Fahrt, an die Hochzeit von Kaiserin Maria Theresia mit Kaiser Franz Josef!

Unseren Einwand, daß die eine im 18. Jahrhundert, der andere von 1830 bis 1916 gelebt habe, vertrieb der Kutscher mit einem Zungenschnalzen, das alle Herablassung der Welt in sich barg: Schrum-bum-bum, schrum-bum-. Der Beruf des Fiakers, dozierte er, ist über jeden Zweifel erhoben. Man muß nicht nur die Pferde durch den dichten Verkehr der Ringstraßen führen, man muß auch eine Fuhrwerkskonzession besitzen, in der Taxi-Innung organisiert sein und die dämlichen Fragen von Touristen erdulden, die eh alles Ausländer saan.

Also schwiegen wir. Wir schwiegen, als er aus dem Helden- den Kaiserplatz und aus dem Volks- den Maria-Theresien-Garten machte; und wir schwiegen, als sich das, was wir für die Nationalbibliothek gehalten hatten, als Mozart-Beethoven-Schubert-Museum erwies, und das Naturhistorische Museum mit seinen Fossilien und Saurierknochen zur Wohnung Sisis wurde, die jetzt ihr Museum ist. Zum Abschluß lernten wir noch, daß Lessing und Schiller Wiener Komponisten sind, und daß die Japaner das beste Trinkgeld geben. Wir bezahlten gern den gepfefferten Preis. Mag in allen Reiseführern anderes stehen, wir denken, daß man sich auf einen Berufsstand, der inzwischen über eine auch schon dreihundertjährige Geschichte verfügt, leichten Herzens verlassen kann.

Wenn nun schon diese markantesten Punkte touristischer Kulturbeflissenheit ihre Geheimnisse bergen, dann darf es uns nicht erstaunen, daß es in Wien Geheimnisse auch in anderer Form gibt, in der Form von Bünden und Cartellen etwa und Orden und Logen. Sie erinnern sich vielleicht, daß vor nicht allzulanger Zeit ein klandestiner Club berühmt wurde, der sich konspirativ bei Demel traf. Er löste sich allerdings auf, als im Indischen Ozean ein Frachtschiff ersoff mitsamt unschuldiger Besatzung, und als sich der Verdacht des Versicherungsbetrugs immer mehr erhärtete und die Spuren immer direkter auf eben jenen Club hinwiesen. Die Nummer Eins des Clubs wurde überführt, nachdem er auch noch zwei Minister mit sich gerissen hatte. Schrum-bum-bum, schrumbum-.

Am geheimnisvollsten aber wirkt das Geheimnisvolle in einem Haus, das vom Geheimnis lebt. Sein Name läßt vielen Wienern ein schauriges Gruseln durchrieseln, während mindestens ebenso viele andere Wiener in Erinnerungen schwelgen. Dieses Haus verdankt nämlich seine Existenz recht eigentlich den Schleiern und Masken und der Vertuschung: gehen Sie in der Nähe des Heidensprungs auf die Hohe Brücke, steigen Sie in den Tiefen Graben und erkennen Sie das Haus an seinem Jugendstil. Treten Sie ein und Sie werden auf solide Diskretionen stoßen.

Das Haus wurde während der zweiten Hälfte

des letzten Jahrhunderts von einem biederen Ehepaar als brave Herberge eröffnet. Und binnen kurzem vom Adel umfunktioniert. Der schleppte kurzerhand die Ballettratten von der Staatsoper an, wenn sie fürs Sacher nicht chic genug waren, und so war das Hotel Orient bald nur noch für gute Stunden gut, und die sind es noch immer. Was in den samt und seidigen Betten dieses Hotels geschieht, ist geheim, und man wußte doch immer, worum es geht. Wir sind uns sicher, daß mancher Faun dort lasterhafte Stunden verbrachte, um hier züchtig neben seiner Gattin zu sitzen.

Aber Wien wäre nicht Wien, wenn es im Geheimnis nicht noch ein Geheimnis gäbe, eine Art schwarzes Loch sozusagen oder eine antithetische Entität, schrum-bum-bum, schrum-bum-, deren einziger Zweck darin besteht, die Existenz des Geheimnisses an sich zu feiern: eine Loge, ein Club, ein Circle, ein Bund. Geben Sie mir die Hand. Schließen Sie die Augen. Schon sind Sie dort! Man muß ein Hendl nicht budern, man kann es auch essen, sagt eben Zwei. Einer ist Eins. Die Anforderungen eines Satzes hemmen Dreizehn. Neun und Zehn sind ein Paar. Eins und Sechs waren ein Paar. Fünf und Siebzehn sind auch ein Paar. Siebzehn könnte die Tochter von Eins sein. Eins hat keine Tochter. Zwielicht im Orient. Zwielicht in Wien.

Kaisersuite. Sonntags spät. Eine Mirage wie eine gesprengte Stiege, aus dem roten Damast wächst Geplauder, eine üppige Dame in Öl, im Öl die jungen Bebrillten. Unter dem Kristalluster flattern andere Phantasien der freundlich ruhig sich Unterhaltenden? fragt Achtzehn und schlürft und lächelt kokett. *Quidquid agis prudenter agas et respice finem,* antwortet Acht und zuckt mit der Linken.

Vier haßt Drei, Drei haßt Vier, Vier haßt Zwei, Zwei haßt Fünf, Sechs haßt Zwölf, Elf liebt alle. Eins rezitiert: Das Elend der Brücke. Eine sehr wienerische Geschichte mit Schwarzweißphotographie. Dazu Grillparzer, Ein Bruderzwist in Habsburg, Kaiser Rudolf Zwei: *Ich hab erdacht im Sinn mir einen Orden, den nicht Geburt und nicht das Schwert verleiht, und Friedensritter soll die Schar mir heißen. Auf daß sie weithin durch die Welt zerstreut, entgegentreten fernher jedem Zwist.*

Fünf gähnt und redet dann von der Berechenbarkeit und von Wien. Acht will Siebzehn verführen, aber Siebzehn hört lieber Fünf zu. Tauben sind die üblen Geister böser Engel, sagt Fünf, andere Vögel, die Möwen von der Donau und die Krähen aus den Tiefen Rußlands kommen nicht in die Stadt, weil sie wissen, daß sie sofort umgebracht würden, die Wiener mögen es nicht, wenn sie von oben herab betrachtet werden, sie mögen keine hohen Häuser und haben dem Stephansdom nur einen Turm gegönnt, den anderen wie einen abgebrochenen Zahn nur bis in halbe Höh' geführt.

Wenn es trotzdem geschieht, redet Fünf fort, daß einer von oben schaut, drücken sich die Wiener die Häuserwände entlang, in den Schatten, wenn möglich, und zischeln Flüche durch die Zähne, denn die Wiener haben ständig ein schlechtes Gewissen, weil sie nicht wissen, warum sie ein schlechtes Gewissen haben, wo sie doch so charmant sind und eigentlich grundgut.

Fünf spricht lange. Fünf spricht immer lange, also läßt sich Siebzehn dann doch von Acht verführen. Es sitzt der Dichter in der Klausen und wartet, bis ihn Musen lausen, fällt Drei nun endlich ein. Man atmet auf. Zwei intoniert: Ein Platz in Wien. Zwei Herren mit Überziehern. Einer trägt einen Hut. Der andere sieht ihn einige Minuten unverwandt an. Erster Herr: Stimmt etwas nicht? Zweiter Herr: Ist schon in Ordnung. Bloß Ihr Hut ... Erster Herr: Was ist mit ihm? Zweiter Herr: Ich finde, er ist gegen mich. Zweiter Herr: Kann nicht sein. Nehmen Sie nur. (Der Zweite Herr nimmt den Hut. Er trampelt darauf herum.) Zweiter Herr: Danke. Jetzt kann ich. Vorhang.

Sieben ist melancholisch: Eine slawische Seele ist nicht genug, es mangelt an slawischen Herzen.

Siebzehn ist sarkastisch: Du, Dein Sommeranzug, darunter meine Phantasie ... und viel Soda.

Neun ist japanisch: Drei Winde fünf Drachen / achtlos schuppt sich das / Treiben, kleine Spuren.

Inzwischen drängt es sich in der Kaisersuite eng. Form und Inhalt, deklariert Zwölf, sind einander gleichwertiges Spielzeug, mehr nicht.

Der Teufel, den man auch schon beschwor, ist nicht gekommen. Die Luft steht, Zigarettenschwaden, wildes Gelächter. Dreizehn schläft im Kamin.

Axiom: In Wien wird oft und gern und ernsthaft diskutiert.

Orient: 1) urspr. Bez. für die Länder im O. (v. Europa aus), heute für die des islam. Kulturkreises (von Marokko im W bis Pakistan im O); 2) bekanntes Stundenhotel im Herzen von Wien; 3) eine Knospe im Winter aus Wärme entstanden wird sie im Herbst zur Frucht?

Man kann ein Hendl auch budern, schließt Zwei, man muß es nicht essen. Eins tröstet. *Nun lebe wohl,* zitiert er Stifter, *daß ich ein Narr bin, weißt Du ohnehin, daß ich ein Narr voll unsäglicher Liebe zu Dir und den andern des gewesenen Rundkreises bin, wirst Du ja doch endlich auch erfahren …*

Schrum-bum-bum, schrum-bum-. Sie zittern, Sie frösteln, wie unaufmerksam. Wie lange sitzen wir denn nun eigentlich schon hier, Ihnen muß kalt sein inzwischen, aber wir fragen Sie, wieviele geheime Gesellschaften, wieviel Vereinigungen von Freien mögen allein während der nun auch schon über dreihundertjährigen Schloßgeschichte in den zahllosen Gemächern Schönbrunns entstanden und wieder versunken sein? Man hat intrigiert und man hat getanzt, am frivolsten der Wiener Kongreß. Da es nun einen Zusammenhang zwischen Geheimnis und Vertrauen gibt, und weil Vertrauen als Liebesbeweis gilt, wollen wir Ihnen verraten, daß es sich beim melancholischen Kaffeehaus um das Jelinek in der Otto Bauer-Gasse handelt, und noch eines müssen wir … Ihnen, bevor wir diesen Ort verlassen, ein letztes, nun … nicht gerade Geheimnis … Wissen Sie, was ein Spinatwachter ist? Der Begriff nahm hier seinen Ursprung, vor dem Haupttor zu Schönbrunn. Diesen Spinatwachter gibt es noch immer, Sie werden ihn vielleicht antreffen, und man wird Ihnen vielleicht erklären, daß es sich um einen Polizisten handle und daß man ihn wegen seiner hübschen grünen Uniform Spinatwachter nenne. In Wirklichkeit stammt der Begriff aus monarchischen Zeiten, und er entstand, weil es zu den Pflichten der Polizei gehörte, den Gemüseimport aus Niederösterreich zu kontrollieren, und eines der wichtigsten Gemüse war nun einmal Spinat. Dort unten zwischen dem Schloß und dem inzwischen überdeckten Wienfluß befand sich der Zoll.

Wir geben zu, daß dieses Geheimnis von marginaler Bedeutung ist. Aber es hat uns geholfen, Sie noch einen Moment lang länger hier festzuhalten, ein letzter Blick noch, bevor Sie an die Wärme fliehen: das typische Gelb, das Schönbrunner Gelb, schön setzt es sich vom Winterhimmel ab. Wenn wir unsere Gesichter den großen Flocken entgegenrecken, die aus der ersten Nachtstunde rieseln und den üblichen Lärm in ein verzaubertes Schweigen dämpfen. Wenn wir wie die Dachreiter, die Götter, Nymphen und Drachen und Zwerge unsere Nasen in die Schnitzeldämpfe stecken, die jetzt durch große Metallröhren aus den vieltausend Gasthäusern der Stadt nach oben und in die Ferne steigen … dann ist uns wie in jenem Traum, in dem wir Ihnen Wien zu Füßen legten. Schrum?

Der Abgesang vom Schönen Tod

Drei Stockwerke hoch reckt sich meine Klause über die Dächer der Innenstadt hinaus, das ist ein Wahrzeichen, ein Hochstand: Es ist der Turm, in dem der Mörder wohnt. Die Farben schwerer Leidenschaften erhellen den düsteren Raum: vier Wände mit vier winzigen Fenstern, dazu Seidentapeten, schwarze Porträts und Nippes aus altem Silber. Und doch ist mir wunderbar leicht. Bald wird sie kommen. Ich gehe noch einmal die Einzelheiten des Planes durch. Im Kristallglas funkelt Rotwein, der funkelt wie Blut.

Das Leben. Die Liebe. Der Tod. In einer Stunde wird sie da sein und nach einer nächsten dahin. Sie ist unschuldig, soviel sei immerhin festgehalten, sie kann nichts für ihren Tod und trägt daran keine Schuld. Solange nicht Vertrauen und Neugier Schuldgründe sind, trägt sie keine Schuld. Wird sie sich fürchten? Aber nein, es ist ja hellichter Tag, es herrscht ja Betrieb, man rennt herum. Erster Bezirk, Bäckerstraße Zwo. Einfach eintreten. Einfach durchs Tor gehen und eintreten. Der schöne Hof, an dessen Fassaden Efeu klebt und anderes Immergrün. Die Teppichgalerie des Orientalen, die Boutique mit der phantastischen Malerei. Und darüber rundum die Pawlatschen, welches offene Umgänge sind und eine Wiener Spezialität, drei Stockwerke hoch, das zeigt man gerne her.

Darüber der Dachstock und schließlich – mein Turm. Schon auf einer »Vogelschau der Stadt

Wien vom Norden her« aus dem Jahr 1609 ist er auszumachen, ich habe ihr den Stich von Jacob Höfnagel gezeigt, zur Zeit der zweiten Türkenbelagerung war der Hausbestand noch überwiegend mittelalterlich und die Befestigungsanlagen voll ausgebaut, ich hab' ihr erzählt, daß es damals viele Wohntürme gab, aus Verteidigungsüberlegungen teils, und teils, weil sich Bauland innerhalb der Stadtmauern nun sehr verknappte.

Seither ist mein Turm auf jeder Darstellung der Innenstadt auszumachen, aber von den anderen sind nur ein paar geblieben, an der Bäckerstraße 7 einer, einer in der Alten Universität und einer im Dominikanerkloster.

In meinem Turm wird sie nun der Angst begegnen; und nach den Verrückten und anderen Künstlern einem Mörder. Die Doppelbedeutung des Wortes. Einer muß das Opfer vollbringen, und eine muß das Opfer sein, damit sich das Opfer Wien opfern kann.

Ich will mich ja auch gar nicht den Argumenten verschließen, die meinen, früher sei alles besser gewesen, früher habe man immerhin *»Beschauer auf dessen niedrige Instincte speculierend, offene Särge mit nackten weiblichen Leichen«* aufgestellt, und man habe sogar einen Kaiser Joseph II. zu dem wütenden Ausspruch getrieben, die Wiener legten offenbar auf langsame Verwesung des Körpers wert! Weil ebendiese Wiener seinen kostensparenden Klappsarg nicht annehmen wollten. Inzwischen mag sogar der Verein für Senkrechtbestattung von der Bildfläche verschwunden sein. Aber es gibt sie trotzdem auch heute noch, die Allianz der Besorgten, denen der morbide Charakter der Stadt ein Anliegen ist. Den Herrn Magister Seyrl muß man erstens nennen, der sich mit dem schon erwähnten Kriminalmuseum in der Großen Sperlgasse im Zweiten Bezirk unschätzbare Verdienste erwirbt; und den Herrn Szegö, der als staatlich geprüfter Fremdenführer Neugierige zu den Schauplätzen historischer Verbrechen bringt. Aber das sind doch eher Theoretiker. Jetzt allerdings verlangen die Zustände nach der Tat.

Ich … ich habe sie gewarnt. Ich hab' ihr schon bei einer ersten Begegnung gesagt, daß ein Fremder äußerst verdächtig ist, wenn er ein derart gewaltiges Interesse zeigt. Man weiß vom blinden Eifer der Proselyten, man kennt den Fanatismus jener, die übertraten, und man ahnt, daß sie, weil sie nicht mitempfinden, sondern nur miterleben, umso genauer begreifen, was das Wesen einer Angelegenheit ist, eines Glaubens etwa, oder, wie in diesem Fall, einer Stadt. Wenn nun dieses Wesen in Bedrängnis gerät, dann muß man handeln.

Es ist nicht zu spät.

Ein guter Mord kann die Wiener noch immer begeistern. Als jüngst am Graben und auch am hellichten Tag ein Juwelier erschossen wurde, hörte man keine Worte des Bedauerns, keine Fragen, ob das Opfer Kinder hinterlasse, eine Frau. Stattdessen erklangen Hymnen der Bewunderung für die glänzende Inszenierung der Exekution. Das Verbrechen fand ganz besonderen Anklang, weil der Zufall zynisch mitinszeniert hatte: Die Polizei, erzählte man sich vergnügt, sei noch den Filmstatisten nachgerannt, die ganz in der Nähe mit einer neuen Folge des Fernsehhits Kommissar

Rex beschäftigt waren, als sich die Mörder schon im Flugzeug nach Urks befanden.

Ja, ein guter Mord kann die Wiener echt begeistern. Und doch glaub' ich nicht, daß man die Erschießung des Juweliers zu den ganz großen Ereignissen zählen wird, es fehlen Elemente der Liebesverstrickung und der Romantik, die unverzichtbar sind. Die Taten des Prostituiertenmörders Jack Unterweger gehören schon eher dazu. Unterweger machte eine erstaunliche Karriere und brachte es von einer eher mickrigen Milieufigur zum Häfenpoeten und schließlich zum Liebling der besten Kreise, die erst recht spät und recht verwundert bemerkten, daß da einer nicht nur dichtete, sondern auch tat. Als er vor den Richter trat, sagte er: »Ich war's nicht, grüßen Sie meine Frau.« Man hängte ihm am Ende Morde in verschiedenen Ländern an, und er sich nach der Urteilsverkündung in seiner Zelle auf.

Das Infantile als Traumquelle oder der Hochmut der Einsamkeit? Oben im Turm der Jäger, im kalten Hof die Gans. Konrad Lorenz hat darauf hingewiesen, daß Graugänse gedankenlos dem ersten Objekt zu folgen pflegen, dessen sie ansichtig werden, und eine liebe Freundin hat ergänzt, daß sich Frauen wie Graugänse benehmen, wenn sie wie blind dem Manne folgen, in den sie sich verliebten. Soviel kann ich nun nicht erhoffen und ich kann nicht erwarten, daß ihre Gefühle für mich derart gründlich sind. Aber ich habe versucht, sie mit meinen Geschichten in ein Netz zu verfangen, aus dem es sich nur schwer befreit.

Ich habe ihr öffentliche Aussichtspunkte gezeigt und von meinem privaten Observatorium geschwärmt und davon, wie einzigartig sich die Stadt von hier oben betrachtet. Trotz der winzigen Fenster ist die Sicht exquisit. Ich habe sie gebeten, mir zu erlauben, ihr diesen Blick aus meiner Höh' zu schenken. Hab' natürlich erklärt, daß ich weiß, wie sich ein Gentleman verhält. Und ich hab' ihr versprochen, daß wir danach endlich den Ball besuchen, von dem wir schon lange reden. Den Philharmonikerball wünscht sie sich, also wird's der Philharmonikerball werden, was beweist: Sie hat Geschmack.

Vom Hochmut der Einsamkeit zum kurzen Auftritt im letzten Stück. Der Jäger im Turm, die Graugans im Hof. Seidenstrümpfe, Stöckelschuh', bald klackt's die vielen Stufen hoch, sie trägt das große Abendkleid. Man atmet ruhig, man spannt den Hahn. Bald läuft die Gans dem Jäger vor die Flinte und in den allzufrühen Tod. Verblassende Spuren welker Erinnerung. Es hat, denke ich, die Wiener Melancholie viel mit der Einsamkeit zu tun, seit der Tod eine einsame Sache ist.

Und das Leben wohl auch. Wer weiß, ob nicht auch sie der Einsamkeit entkommen will: Wie bereitwillig sie mir überall hin folgte. Ihren letzten Weg wird sie vorausschlendern, lachend, feiernd, weil sie bis zuletzt glauben soll, es geht auf den Ball.

Lachen und Feiern bis zur Bewußtlosigkeit: ein Gläschen Hochriegl zuerst, dazu Blicke aus den Fenstern, noch einmal die Wahrzeichen betrachten, von denen wir sprachen, der Donauturm und das Riesenrad im Norden, die Bellevue und das AKH im Westen. Im Süden St. Stephan und im Osten die Gaskessel …

Und dann … ja, dann könnte ich ihr ein wenig schröcklichen Grusel bieten, ich könnt' von der Blutgräfin erzählen oder von der Würgerin von der Weihburggasse, ich könnt' bemerken, daß nicht die Morde interessieren, sondern die Welt, die sie beschreiben. Ich werde ausmalen, wie man in Wien mit dem Tod lebt und daß man ihm trotzt, indem man sich mit ihm verbündet. Sie wird mich magisch finden, musisch und monströs, in einem Wort: charmant.

Vor allem muß ich vom Mädchenmörder Hugo Schenk erzählen, dessen Taten Legende sind. Seine Spezialität waren Dienstmädchen. Es war die Zeit, als in den Vorstädten die Armut mit den Ratten kämpfte, als die Mutzenbacher im Prater ihren Arsch verkaufte, und als der Weißwein noch sauer war und der Rote nach Lebertran schmeckte. Die Dienstmädchen kamen mit einem Pappendeckelkoffer und mit blauer Naivität in die große Stadt, um meist sofort in elende Verhältnisse zu gelangen und doch nur vom rauschenden Leben zu träumen, vom Hof zum Beispiel oder von einem Deutschmeister, der sie dorthin entführe.

Hugo Schenk war der Kopf der Bande, Karl Schlossarik der Praktiker und Karl Schenk, der Bruder, ein nützlicher Idiot. Per Annoncen suchte die Bande Hauspersonal. Sie sortierten die Bewerbungen und bestellten jene Damen, die ihnen geeignet schienen, einzeln zu Treffen. Karl Schlossarik gab den Diener eines vermögenden Ingenieurs. Man benötige eine Köchin, schwadronierte er, sie hätte allerdings unabhängig zu sein, man müsse nämlich in Kürze aufbrechen, der Herr Rat leite eine Baustelle der Transsibirischen Eisenbahn. Was waren die Mädchen sprachlos! Die Transsib!! Ein Herr Inginör!!!

Welch' ehrenvolle Gelegenheit, wieviel Hauch von großer Welt. Auftrat Hugo Schenk höchst selbst. Mit Manieren und Blumen verdrehte der Herr Rat den Mädchen vollends den Kopf. Zum Schluß lud man das dumme Mensch auf eine Landpartie, in den Wiener Wald. Dort ward sie verführt, beraubt und umgebracht.

Vierzig Dienstmädchen sind während der Wirkungszeit der Schenkbande abgängig gemeldet, die Verbrechen erregten ganz Wien. Die Bande wurde schließlich erwischt. Etwa hundert Personen wohnten Hugo Schenks Hinrichtung bei, am 22. April 1884. Die Öffentlichkeit war seit zehn Jahren von diesen Schauspielen ausgeschlossen, der äußerst populäre Scharfrichter im Justizministerium ein Beamter der Lohnklasse C.

Als Hugo Schenk unter den Galgen trat, lächelte er. Dann verbeugte er sich vor den Richtern und sagte zum Priester: »Ich habe den Tod verdient. Bitte grüßen Sie meine Frau«. Drei Minuten später war er dahin.

Der Jäger und die Graugans oder das perfekte Verbrechen, eiskalt exekutiert in romantischem G'wand. Eines begeisterte Wien mehr als die anderen, wobei die Perfektion dieses Verbrechens nicht darin bestand, daß es unentdeckt geblieben wäre, was es ja eben nicht tat, sondern darin, daß der Täter seinem Opfer bis zum allerletzten Moment den Zustand besoffener Glückseligkeit schenkte: Die Bande picknickte wiedermal mit einem Fräulein im Wiener Wald. Erlesene Delikatessen, französische wahrscheinlich, und guter Wein, aus Ungarn vielleicht. Man albert, man tändelt, man kokettiert. Irgendwann zieht Hugo seinen Revolver, spielt damit, setzt ihn sich an den Kopf und – drückt ab.

Das Fräulein erschrickt. Man lacht sich kaputt. Die Pistole ist nämlich leer. Geh, trau dich auch! bestürmt man das Fräulein, welches nicht merkt, daß Karl Schenk inzwischen die Trommel füllt. Schon gibt das Fräulein nach, jetzt faßt es Mut und nimmt die Waffe … setzt sie an die Schläfe … und schießt sich selber tot.

Wahrscheinlich sind Gedichte besser geeignet, diese Art der Zerstörung und vielleicht alle Zerstörungen der Welt in Worte zu fassen. Sie hat gelacht, gab Karl Schenk zu Protokoll, und dann ist ihr das Hirn weggespritzt: Du Tropf / im Kopf / hast schon ein Loch / geh, trau di doch!

Das perfekte Verbrachen weiß von der Macht der Träume. Und es akzeptiert, daß sich Sehnsucht und Verlangen in meinem Fall nicht mit einem einzelnen Menschen verbinden, sondern mit einer ganzen Stadt. Als Hugo Schenk gehenkt wurde, war Freud fast achtundzwanzig Jahre alt, bis zu seinem Geburtstag fehlten nur dreizehn Tage. Er arbeitete als Sekundararzt in verschiedenen Abteilungen des Allgemeinen Krankenhauses, im folgenden Jahr würde er Dozent für Neuropathologie werden und dann mit einem Stipendium für ein paar Jahre nach Paris gehen. Die Welt würde noch beinahe zwanzig Jahre auf die »Traumdeutung« und vierzig Jahre auf »Das Ich und das Es« warten müssen. Ob er damals, als Hugo Schenk verschied, schon wußte, wie man in

Wien die Angst verdrängt? *Nun gibt es aber,* schrieb er in der Traumdeutung, *eine gewisse Anzahl von Träumen, die fast jedermann in derselben Weise geträumt hat. Ein besonderes Interesse wendet sich diesen typischen Träumen auch darum zu, weil sie vermutlich bei allen Menschen aus den gleichen Quellen stammen.* Und aus der Zauberflöte zitierte er: *Zur Liebe kann ich dich nicht zwingen. / Doch geb' ich dir die Freiheit nicht.*

Hab ich ihr nicht gesagt: Lassen Sie sich von den Fassaden nicht täuschen! Hab' ich gesagt, Kreisler und Qualtinger und Farkas und Hirsch und wie sie alle heißen, wissen, was sie meinen, wenn sie von den spezifischen Gemeinheiten singen.

Nein, sie trägt wirklich keine Schuld. Schuld ist Wien.

Und wenn dieses Wien nun plötzlich glaubt, sich wie eine alte Dame aufführen zu müssen, die bemerkt, daß sie ihre Mängel nur mit ein wenig Farbe übertünchen muß, und schon dank reifer Erfahrung manches Gör an Schönheit übertrifft; und wenn dieses Wien meint, nicht nur das Leben sei überaus lebenswert, sondern es ende vielleicht auch nie: Dann hat man eben dieses Wien daran zu erinnern, daß es auch so etwas wie eine Verpflichtung gibt, die man nicht einfach aus den Akten schafft. Das Welken gehört dazu, die Verschimmelungen und eine schöne Leich'. Wenn allerdings dieses Wien nur dadurch zur Besinnung gebracht werden kann, daß man die Stadt selber zur Mörderin macht, dann muß halt ein Mittler her, der Opfer und Stadt zusammenbringt. Das verlangt die vielfach konzentrierte Trauerkraft, und sie will, daß man sich angesichts der lächerlichen Belanglosigkeiten des Lebens intensiv mit dem Sterben befaßt: *Es lebe der Zentralfriedhof / und seine Jubilare. / Sie lieg'n und verfäul'n scho durt / seit über hundert Jahre.*

Was denkt sie? Jedenfalls vertraut sie mir nach den vielen Ausflügen durch Wien. Weil aber Wahrnehmung immer auch ein Herausheben ist, eine Auszeichnung, muß auch ich ihr etwas schenken und widme ihr deshalb ein perfektes Verbrechen. Und weil es nicht nur Entwicklung, Wiederholungen und Veränderungen gibt, sondern auch einen Fortschritt der Ästhetik, auch einen Fortschritt in der Wiederholung, sollte dieses Verbrechen auch widerspiegeln, daß wir nicht mehr in der Zeit der Pappendeckelkoffer leben und daß Naivität nichts mehr gilt, seit man über Handtäschchen verfügt und über Bildung.

Habe übrigens gestern Schloß Neugebäude besucht. Es wird immer schwieriger, einzubrechen. Türen und Fenster sind mit dicken Brettern vernagelt. Aber es steht, es überlebt: selbstverständlich will sie den Blick vom Turm aus sehen, natürlich kommt sie gerne her. Der Blick von oben herab ist wienerisch, habe ich gesagt, aber ich fürchte, sie wird tot sein, bevor sie begreift. Angst? Nein. Todesangst? Nein. Todeslust? Schon eher, und bestimmt ein Fest in der Stadt, die sich zu Tode feiern will.

Bald fällt ihre letzte Nacht. Die Scheiben werden Spiegel … Man kommt auf Gedanken, wenn man vom Turm aus die Welt betrachtet. Ich werde vom Ball schwärmen, von den Debütantinnen in

Weiß und den Herren im Frack und von der Musik und vom endlosen Tanzen.

Dann steigen wir in den Dachboden hinab. Wir gehen durch ihn hindurch bis hin zu einem Aufzug. Ein Handkuß noch, hinreißend, gnädige Frau, wunderschön. Sie weiß nicht, daß der Aufzug das Los von Schloß Neugebäude teilt: man hat ihn schon während der Montage vergessen. Der Schacht ist leer. Alle Zugänge sind vermauert. Außer dem einen hier oben, von dem außer mir niemand weiß. Ich habe den Boden des Aufzugs mit bemaltem Papier präpariert. Ich lasse sie vorangehen; und ich verspreche, ich werde nicht schubsen.

With compliments to: Neue Zürcher Zeitung, Du.
Und den Autoren von Literatur zum Fressen.